倪匡奇情作品集
木蘭花傳奇
29
秘約
（含：生命合同、詭計）
倪匡 著
生命合同

目錄

生命合同

詭計

木蘭花傳奇

【總序】

木蘭花VS.衛斯理——倪匡奇幻系列的兩大巔峰

秦懷玉

對所有的倪匡小說迷來說，《衛斯理傳奇》無疑是他最成功、也最膾炙人口的作品了，然而，卻鮮有讀者知道，早在《衛斯理傳奇》之前，倪匡就已經創造了一個以女性為主角的系列奇情故事，甫出版即造成大轟動，《木蘭花傳奇》遂成為倪匡眾多著作中最具特色與最受讀者喜愛的兩大系列之一；只因衛斯理的魅力太過強大，使得《木蘭花傳奇》的光芒被掩蓋，長此以往被讀者忽視的情形下，漸漸成了遺珠。

有鑑於此，時值倪匡仙逝週年之際，本社特別重新揭刊此一系列，希望藉由新的編排與介紹，使喜愛倪匡的讀者也能好好認識她。

《木蘭花傳奇》是倪匡以筆名「魏力」所寫的動作小說系列。原載於香港新報及《武俠世界》雜誌，內容主要是以黑女俠木蘭花、堂妹穆秀珍及花花公子高翔三人所組成的「東方三俠」為主體，專門對抗惡人及神秘組織，他們先後打敗了號稱「世界上最危險的犯罪集團」的黑龍黨、超人集團、紅衫俱樂部、赤魔團、暗殺黨、黑手黨、血影掌，及暹羅鬥魚貝泰主持的犯罪組織等等，更曾和各國特務周旋、鬥法。

如果說衛斯理是世界上遇過最多奇事的人，那麼打擊犯罪集團次數最高的，即非東方三俠莫屬了。書中主角木蘭花是個兼具美貌與頭腦的現代奇女子，在柔道和空手道上有著極高的造詣，正義感十足，她的生活多采多姿，充滿了各類型的挑戰；她的最佳搭檔：堂妹穆秀珍，則是潛泳高手，亦好打抱不平，兩人一搭一唱，配合無間，一同冒險犯難；再加上英俊瀟灑，堪稱是神隊友的高翔，三人出生入死，破獲無數連各國警界都頭痛不已的大案。

若是以衛斯理打敗黑手黨及胡克黨就得到國際刑警的特殊證明文件的標準來看，木蘭花在國際刑警的地位，其實應該更高。

相較於《衛斯理傳奇》，《木蘭花傳奇》是入世的，在滾滾紅塵中演出令人目眩神搖的傳奇事蹟。衛斯理的日常儼然是跟外星人打交道，遊走於地球和外太空之間，事蹟總是跟外星人脫不了干係；木蘭花則是繞著全世界的黑幫罪犯跑，哪裡有犯罪者，哪裡就有她的身影！可說是地球上所有犯罪者的剋星！

而《木蘭花傳奇》中所啟用的各種道具，例如死光錶、隱形人等等，一如倪匡慣有的風格，皆是最先進的高科技產物，令讀者看得目不暇給，更不得不佩服倪匡驚人的想像力。

尤其，木蘭花等人的足跡遍及天下，包括南美利馬高原、喜馬拉雅山冰川、北極、海底古城、獵頭族居住的原始森林、神秘的達華拉宮及偏遠隱密的蠻荒地區等，讀者彷彿也隨著木蘭花去各處探險一般，緊張又刺激。

《衛斯理傳奇》與《木蘭花傳奇》兩系列由於歷年來深受讀者喜愛，書中主要角色逐漸由個人發展為「家族」型態，分枝關係的人物圖越顯豐富，好比《衛斯理傳奇》中的白素、溫寶裕、白老大、胡說等人，或是《木蘭花傳奇》中的「天使俠女」安妮和雲四風、雲五風等。倪匡曾經說過他塑造的十個最喜歡的小說人物，有三個在木蘭花系列中。白素和木蘭花更成為倪匡筆下最經典傳奇的兩位女主角。

在當年放眼皆是以男性為主流的奇情冒險故事中，倪匡的《木蘭花傳奇》可謂是開創了另一番令人耳目一新的寫作風貌，打破過去女性只能擔任花瓶角色的傳統窠臼，以及美女永遠是「波大無腦」的刻板印象，完美塑造了一個女版〇〇七的形象。猶如時下好萊塢電影「神力女超人」、「黑寡婦」等漫威女英雄般，女性不再是荏弱無助的男人附庸，反而更能以其細膩的觀察力及敏銳的第六感，來解決各種棘手的難題，也再一次印證了倪匡與眾不同的眼光與新潮先進的思想，實非常人所能及。

《女黑俠木蘭花傳奇》共有六十個精彩的冒險故事，也是倪匡作品中數量第二多的系列。每本內容皆是獨立的單元，但又前後互有呼應，為了讓讀者能更方便快速地欣賞，新策畫的《木蘭花傳奇》每本皆包含兩個故事，共三十本刊完。讀者必定能從書中感受到東方三俠的聰明機智與出神入化的神奇經歷，從而膾炙人口，成為讀者心目中華人世界無人能敵的女俠英雌。

生命合同

1 生命合同

穆秀珍一面駕著車，一面不住「哈哈」地笑著，幸而這時，夜已經相當深了，路上的車輛和行人都不多，不然，一定會有很多人以為駕車的人有什麼毛病了。

安妮坐在穆秀珍的身邊，她也不住地笑著，但是和穆秀珍不一樣，她只是快樂的微笑著。

她們兩人才看了一場極其精彩的馬戲表演回來，引得她們在歸途之中，仍然笑個不停的，是馬戲團中那位出色小丑的演出。

穆秀珍的車子在駛上郊區的公路之後，加快了速度，她一面仍然不斷笑著，一面道：「安妮，幸而我們沒有被蘭花姐拉去聽什麼交響樂，悶死人了，現在我們多麼開心！可憐的蘭花姐！」

安妮笑道：「蘭花姐自己喜歡聽交響樂，並不可憐，可憐的是高翔哥，他明明喜歡和我們一起去看馬戲，卻不得不陪蘭花姐到音樂廳去！」

11 秘約

穆秀珍笑得更大聲，不一會，她們便發現木蘭花和高翔的車子在前面，穆秀珍踏下油門，車子迅速地追了上去，車胎和地面磨擦，發出刺耳的「吱吱」聲，在木蘭花的車旁擦了過去，同時，揮著手，興高采烈地叫著。

高翔駕著車，也追了上來，大叫道：「秀珍，你在作危險駕駛！」

穆秀珍笑道：「交響樂好聽嗎？我看你也夠悶了，不如和我在公路上開開快車，解些悶氣！」

高翔笑了起來，道：「我才不和你爭逐啦！」

穆秀珍哈哈笑著，車子像箭一樣地貼地射去。

兩輛車子一前一後，到了木蘭花住所的門口停下來。

安妮並不立刻下車，她握住了穆秀珍的手，充滿了期望地道：「秀珍姐，你不是說四風哥連夜在工廠中主持一個新計劃麼？你別回去了！」

穆秀珍笑道：「還用你說，我早就已這樣想好了！」

安妮高興地拉著穆秀珍，一起下了車。

木蘭花也下了車，道：「看看你們兩個，加起來快四十歲了，還像是兩個小孩子！」

穆秀珍向木蘭花扮了一個鬼臉，道：「蘭花姐，這就是看馬戲團和聽交響樂的不同，看馬戲令人年輕，聽交響樂，使人暮氣沉沉！」

木蘭花笑了起來，道：「你根本不聽音樂，偏愛妄發議論！」

高翔笑著打開了鐵門，四個人一起進了屋子，穆秀珍還在不斷模仿著那個小丑的樣子，不斷笑著，木蘭花望著她不住搖頭。

穆秀珍笑著：「蘭花姐，不用嫌我，今天晚上，我不回家了！」

木蘭花微笑著，就在這時候，電話響了起來，高翔道：「看，四風打電話來催你回去了！」

穆秀珍一伸手，抓起了電話來，就向木蘭花揚了揚手，道：「有人找你。」

木蘭花正向廚房走去，準備去煮咖啡，聽得穆秀珍那樣叫，看了看壁上的鐘，略皺了皺眉，道：「將電話放在擴音器上！」

穆秀珍將電話聽筒擱在擴音器上，按下了一個掣，這樣，木蘭花可以不必拿著電話聽筒就可以通話，而且，對方的聲音，每個人也都可以聽得到。

木蘭花招手，叫安妮進廚房去煮咖啡，她走向電話，道：「我是木蘭花，哪一位。」

電話中傳出來的，是一個男人的聲音，那聲音聽來很年輕，聲音很鎮定，但是卻是一個陌生的聲音，道：「蘭花小姐，你已研究過那張合同了？」

穆秀珍和高翔本來是在低聲笑語著的，但是一聽得電話之中，傳出了這樣突兀的一句話來，兩人立時停止了笑語，向木蘭花望去。

而木蘭花在那時候，臉上也是充滿了疑惑，她略呆了一呆，道：「合同，什麼合同？你是誰？」

電話那一邊的男人，卻並沒有回答木蘭花的這一連串問題，只是故意地嘆了一聲，道：「蘭花小姐，原來到現在，你還沒有發現那份合同，這未免使我們太失望了，或許是我們對你估計得太高了，高翔先生呢？難道他也沒有發現那份合同？」

木蘭花鎮定地笑著，道：「我不知道那是什麼合同，但是如果你已將東西交給我們的話，我們自然會發現的！」

那邊的男人「哈哈」笑了起來，道：「蘭花小姐，可是你現在還沒有發現，是不是？」

那男人的話中有一股咄咄逼人的味道，叫人很難於應對。

從這一點來看，就可以知道，那男人一定是一個十分厲害、精明，而又十分難於對付的傢伙。

木蘭花還不知道如何回答之際，那男人又笑了起來，道：「高主任、蘭花小姐，請你們脫去外衣看看。你們一定是才回到家吧，等你們看到了合同之後，我們會再打電話給你們的！」

電話講到這裡，傳來「滴」地一聲，對方已經將電話掛上了。

這時，已經是仲秋天時，夜來秋風甚涼，當然木蘭花和高翔全穿著外衣。電話才一結束，高翔便脫下了西裝的上衣來。

而西裝上衣才一脫下來，自上衣的袖下，就飄下了一件東西來。

高翔俯身拾起來一看，那是一張被摺起來的紙，摺法是將一張四吋高、八吋寬的紙，折成四吋高、半吋寬的一條，高翔還沒有打開摺得整整齊齊的紙來，就發現紙上有許多字。

木蘭花揚了揚眉，也脫下了外套來，她的動作十分慢而小心，是以當她的上衣脫下來的時候，可以清楚地看到，那張摺得十分整齊的紙條，是從她的腋下落了下來的。

穆秀珍、安妮都瞪大了眼，說不出話來。

高翔和木蘭花的身上被人放進了這樣摺好的紙張，而他們兩人竟全然不知，那著實是有點不可思議的一件事情。

因為那張紙並不是就放在他們外衣的袋中就算了，如果是放在他們外衣的袋中的話，那麼，一個第一流的扒手，就可以做得到這一點的。

而現在，紙張是放在他們兩人的脅下，真有點難以想像，什麼人有這樣的本領，可以探手伸進他們的衣袖直到脅下，而他們仍然不知曉！

高翔和木蘭花兩人手中都拿著那張被摺成一條的紙，兩人的處理方法，和臉上的神情都不同。

高翔是一副憤然的神色，已迫不及待地將折好的紙打了開來。但是木蘭花卻帶著微笑，並不打開紙來，只是仔細地在觀察著摺好的紙。

穆秀珍和安妮兩人，已來到高翔的身邊，但是她們並沒有機會去看那張紙上的文字，木蘭花就道：「你們先別看紙上有什麼字，過來看看這張紙，我想我們遇到一個絕頂聰明的對手了！」

高翔放下了手中的紙，和安妮、穆秀珍一起向木蘭花看去，木蘭花伸手拉下了燈來，讓燈光直射在她手中的那張紙上。

她道：「你們看到沒有，這張紙，被摺成半吋寬的紙條，在摺成的紙條兩邊，你們看看，有什麼異樣？」

如果不是木蘭花已經指了出來，高翔等三人或者還看不出什麼異樣來，但這時，木蘭花已經指了出來，而且，又是在燈光的直射之下，他們就很容易看得出，紙條的兩邊都貼著一條只有四分之一吋寬的白色尼龍帶，在那薄薄的尼龍帶上，有著密而細短的刺。

穆秀珍呆了一呆，道：「那有什麼作用？」

木蘭花微笑道：「這紙條能夠在我們的袖中，進到我們的脅下，就全靠這些密刺。秀珍，你可還記得，我們小時候在鄉下，常常玩的麥穗遊戲麼？小麥的麥芒上有著小小的尖刺，將麥穗折下來，放在衣袖中。不論你怎麼抖動手臂，麥穗不但不會落下來，而且還會向上升去。」

安妮「啊」地一聲，剛才，她不明白對方有什麼法子可以將紙條放到木蘭花和高翔兩人的衣袖深處，而不被人發覺。

但現在，她明白了，因為木蘭花已解釋得再清楚沒有，對方並不需要將手伸進他們的衣袖中，將紙條塞進去，只要將紙條輕輕放進袖口少許，木蘭花和高翔的手臂一動時，紙條就會自己升上去了。

要將一張紙條放在袖口，而不被木蘭花和高翔察覺，那並不是困難的事，因為他們兩人畢竟是從公共場所中回來的。

在安妮發出了「啊」地一聲之後，穆秀珍好像還有點不相信，她自木蘭花的手中接過紙條來，放進袖口，手臂揮動著。

果然，正如木蘭花所料，尼龍帶上小刺的逆行作用，使得紙條非但不落下來，而且漸漸向上升去。

穆秀珍道：「哼，真聰明！」

她一面說，一面脫下了外衣來。

而當穆秀珍才脫下外衣來時，四個人都不約而同，一起發出了一下驚呼聲來！

穆秀珍在脫下了外衣之後，自她脅下落下來的，並不是一張紙條，而是兩張紙條。

那也就是說，在穆秀珍的脅下，原來早已有一張紙條在了，只不過穆秀珍一直沒有發現而已！

四個人互視著，木蘭花立時向安妮望了一眼，安妮也忙脫下了外衣，但是安妮的袖中，卻並沒有紙條。

也就在這時候，電話鈴又響了起來。

安妮拿起電話聽筒，就放在擴音器上，她也不等對方先開口，就大聲說道：「我是安妮，你為什麼不將紙條給我？」

自電話中傳來的，仍然是那個男人的聲音，他像是想不到安妮會這樣責問他，是以略呆了一呆，才道：「哦，真對不起，安妮小姐，你還只是一個小姑娘，我們的對象是東方三俠，木蘭花、高翔和穆秀珍！」

安妮哼地一聲，道：「我們還沒有看你那些紙條中的內容，你太心急了，先生，心急是不容易成大事的！」

聽得安妮那樣地教訓對方，木蘭花等三人不禁都笑了起來。

那男人也笑著道：「安妮小姐，你說得對，不過，我並不是心急，只是我打電話到雲府去找雲太太，沒有找到，想到她可能在你們這裡，所以才又打電話來的。」

穆秀珍立時大聲道：「我已發現你那張鬼字條了，你不必神氣什麼！」

那男人道：「穆小姐，我是想和你們正式在智力上較量一下，並不是想和你們鬥口的，請你們先研究一下合同的內容吧！」

穆秀珍大踏步走向電話，看她的神情，像是想狠狠罵上對方幾句的，可是，她才跨前了一兩步，那邊的男人又將電話掛上了。

木蘭花道：「來，先看看他的紙條上寫些什麼，等他再打電話來的時候，好答覆他。」

三張紙一起被打了開來，紙上的字是一樣的，木蘭花也已看出，那種薄而光滑的紙張，是一種最新型的複印機所使用的。

他們四個人一起看看紙張上的字，那是一張合同，有四個較大的字，看來有點觸目驚心的感覺，那是「生命合同」四個字。

接下來，就是全部合同的內容！

訂立合同雙方，為東方三俠——木蘭花、高翔和穆秀珍（以下簡稱甲方）及九個被通緝的逃犯——姓名沒有意義（以下簡稱乙方）。

甲方是舉世公認智勇俱全的人物，但乙方表示並不服氣，因為乙方也有出類拔萃的事跡，他們曾經聯合印製一批偽鈔，將這批偽鈔送進銀行的現金庫中，換出了同樣數目的真鈔，事後，在南美洲過了一段快活逍遙的日子，並沒有受到法律的制裁！

木蘭花等四人看到了這裡，一起抬起了頭來，互望了一眼，穆秀珍失聲道：「是他們！」

木蘭花的聲音很低沉，道：「是他們，我早就知道他們遲早會來生事的！」

高翔和安妮全都知道那九個自稱「被通緝的逃犯」是什麼人，他們曾在木蘭花的故事集中出現過（見《木蘭花傳奇27》魅影），在〈古屋奇影〉故事中，一個出色的犯罪分子，聯合了九個各有專長的人，印製了一大批偽鈔，後來，在木蘭花的偵查下，從印製偽鈔現場遺留下的氣味中獲得線索而破案，主犯自盡，那九個人因為早已逃到了南美洲，所以一直逍遙法外。

在那件事件中，木蘭花最後雖然找到了主犯，但是，整件案子的經過情形如何，木蘭花還是不知道的。

她所知道的只是，這幾個人，各有各的專長，而且，他們配合得十分之好，在犯罪這一方面而論，他們可以算是難得的天才！

這一點，可以從事發之後，他們九個人的資料都被移交給國際警方，但是他們卻一直能逍遙法外，已經可見一斑了。

木蘭花未曾和這九個人見過面，但是她對這九個人的印象，卻是十分深刻。

這時，她一看到紙張上那九個人的自稱，臉上的神色嚴重了起來。

在還未看完全部「合同」的內容之前，木蘭花自然不可能知道他們在玩些什麼花樣，但是她卻知道，她是遇上一批勁敵了！

他們互望了一眼，略說了幾句話之後，又繼續向下看去。

那「合同」的下文續寫著：

所以，乙方認為，甲方實在是浪得虛名，經不起事實的考驗，是以建議訂立合同如下數條：

（一）乙方將在今後三個月內，發動一連串的犯罪行動，犯罪行動至少要全市轟動，而保證甲方難以破獲。

（二）乙方在三個月後，保證離開本市，從此不再在本市露面，而甲方在此時，亦應偃旗息鼓，高翔自然更應辭去警方之職。

（三）乙方所做之犯罪行動，以絕不傷害無辜者的生命為原則，但是甲、乙雙方在今後三個月中相互接觸之間，生命不受任何保障，簽訂合同之雙方，必須以付出生命作為最壞情形之打算。

（四）此合同簽訂之後，將存於著名之律師事務所，俟三個月後，向社會公開。

一共是四條，穆秀珍還沒有看完，已經氣得「哇哇」大叫了起來。

高翔用力一掌按在「合同」上，道：「不到一星期，我就要將他們一網打盡！」

木蘭花只是皺著眉，一聲不出。

高翔、安妮、穆秀珍一起向木蘭花望去，穆秀珍道：「蘭花姐，怎麼對付他們？」

木蘭花深深地吸了一口氣，仍然不出聲，她轉過頭去，望著那具電話，過了半晌，才緩緩地道：「高翔、秀珍，在記憶之中，我們可曾遭到過如此公然的挑戰？」

木蘭花的話才一出口，高翔和穆秀珍已經齊聲道：「沒有！」

穆秀珍更加了一句，道：「誰敢？」

木蘭花微笑著，說道：「現在有人敢了，我們自然要應戰，在高翔而言，他的職務根本不容許有任何犯罪行為的存在，我們雖然不至於無聊到和人去爭名，但是，也絕不能坐視犯罪分子的猖狂活動！」

穆秀珍道：「和他們簽這份合同？」

木蘭花伸手抓起那三張紙來，三把兩把撕成了粉碎，也就在這時，電話鈴又聲了起來，安妮拿起了電話聽筒，放在擴音裝置上。

電話中傳出來的，仍然是那個男子的聲音，他笑著道：「蘭花小姐，你們撕了那三張合同，這是沒有作用的事情！」

高翔、安妮和穆秀珍一聽得那男子如此說法，皆齊一呆，穆秀珍甚至立時向窗外看去，看看那男子是不是就在外面，可以看到客廳中的情形。

但是木蘭花卻微笑著，道：「你猜得很聰明，可是你的自信力卻不夠，因為你說『你們撕了合同』，而不是說『你撕了合同』，可知你仍然未能肯定，究竟是誰撕毀了合同？」

那男子呆了一呆，才道：「佩服得很，蘭花小姐，你甚至是一個合格的心理學家！」

木蘭花冷笑著，道：「不必給我戴高帽，我只不過是一個成年人而已！」

那男子笑道：「蘭花小姐，你不是在暗示我們只是一群孩子吧？」

木蘭花用相當不客氣的語氣，糾正著那男子的話，道：「是一群頑童，不知天高地厚的頑童，你們想出來的遊戲，我們絕不會奉陪，但是可以告訴你們的是，即使你們九個人不再在本市犯任何案件，警方也會因為你們是通緝犯而對付你們！」

那男子仍然笑著，道：「蘭花小姐，這樣說來，未免太沒有趣味了！」

木蘭花的聲音更加嚴肅，道：「我看不出正義和犯罪之間，有什麼趣味可言。」

那男子的聲音本來一直是十分輕鬆的，到後來，他的輕鬆，很明顯可以聽得出是強裝出來的，到了這時，他連假裝也裝不出了，他的聲音中也充滿了惱怒，道：「好，不管你抱怎樣的態度，我們仍然將依照原來的計劃進行。」

木蘭花冷冷地道：「天下犯罪者，本就沒有什麼人在自食其果之前肯悔悟的！」

那男子提高了聲音，道：「我們不會自食其果，在我們精密的安排之下，我們所做的任何事，都不會有絲毫破綻，你們將毫無跡象可尋。」

木蘭花輕蔑地笑了起來，道：「如果我是你的話，在大言不慚的時候，會覺得臉紅，因為你們第一次的集體犯罪，就是以失敗終場的！」

那男子「哼」地一聲，道：「我們沒有失敗，我們九個人沒有失敗！」

木蘭花的聲音更冷峻，道：「以你們目前的處境而論，唯一的出路，是向警方自首！」

那男子發出了一句憤怒的悶哼聲，這一次，他並不是輕輕放下留話，而是重重地放下電話。

高翔走過來，將電話聽筒放好，道：「蘭花，你將他激怒了！」

木蘭花道：「我是故意如此的，他們企圖以遊戲的方式來展開他們的一連串犯罪行動，我就要明白地告訴他們，在我們之間，不存在這樣的情形，不論他們原來的身分是什麼，也不論他們有什麼樣的專長，他們都只不過是犯罪分子，絕沒有資格和我們嬉皮笑臉，來簽什麼合同，訂什麼協議！」

高翔默然無語。

木蘭花這種人格凜然不可侵犯的態度，他自然是絕對同意的。但是，他心中在擔憂的卻是，這一來，這九個非比尋常的犯罪分子，他們的犯罪行動只怕更加驚人了！

穆秀珍望了望木蘭花，又望了望高翔，道：「我們如何對付他們？」

木蘭花道：「我們現在無法對付他們，本市有過百萬的居民，有上萬個犯罪分子可以下手的目標。我相信，當他們通知我們的時候，第一件犯罪案件，一定作了周密的準備，更有可能已經在進行了，是以我們是完全無法預防的，只好等他們做了出來再說。」

高翔皺著眉，道：「至少有一點事可做，查從南美洲來的旅客！」

木蘭花笑了笑道：「你以為他們會直接從南美洲來？」

高翔道：「那麼我們可以查從世界各地來的遊客。」

木蘭花道：「不必了，本市是一個四通八達的自由港口，九個人，可以從任何方面，用任何方式進入本市，而不留下任何的記錄，我們也不必心急，他們的第一件犯罪案，一定很快就會發動——」

木蘭花才講到這裡，電話又響了起來。

安妮立時搶前一步，一伸手，抓起了電話聽筒來，她的神色很憤怒，看來她又要對電話發言申斥了，可是也就在那一剎那，木蘭花已疾聲道：「安妮，別冒失，可能是找高翔的！」

安妮一愣，將耳朵湊在聽筒上聽了一聽，向木蘭花望了一眼，現出欽佩的神色來，就將電話遞給了高翔。

高翔接了過來，接連「唔」了幾聲，道：「好，我立時趕到現場去！」

高翔放下電話，神情憤怒道：「蘭花，剛才接到的報告說，光輝珠寶公司的警鐘被觸發了！」

木蘭花吸了一口氣，道：「那一定是他們的第一件犯罪行為了！」

高翔已急步走向門口，他在門口略停了一停，轉過頭來，道：「蘭花，這件事如果傳了出來，全市其他的犯罪分子也一起蠢動，全將事件記在那九個人的頭上，那就麻煩了。」

木蘭花道：「高翔，我看你必須作這樣的最壞打算了，因為站在那九個人的立場而言，他們一定要如此做，只有那樣，才能擾亂我們的目標，使我們分不清哪一件案子是他們做的，哪一件不是他們做的，那樣，他們就更利於掩飾，而我們就會遭到更大的困難。」

高翔緊握著拳，木蘭花又道：「我甚至可以料得到，我們剛才所看的合同，同樣的複印本，一定已送到許多犯罪分子的手中了！」

高翔道：「蘭花，你不到光輝珠寶公司去看看？那是本市最大的珠寶公司之一，如果被這九個人光顧，損失一定不少。」

穆秀珍道：「高翔，你對珠寶的消息一定不是十分注意，否則，你一定知道，最近光輝珠寶公司自中東運來了二十顆毫無瑕疵，同樣大小的紅寶石，據說是中古時代，波斯一位帝王的所有物，這二十顆舉世皆知的紅寶石，一定就是他們下手的第一個目標了！」

安妮道：「別在家裡多猜測了，我們一起去看看！」

木蘭花卻意外地搖頭道：「我不去，你們三個人去就可以了。」

高翔、穆秀珍和安妮都驚訝地望著木蘭花，他們實在想不出，木蘭花為什麼不去。

木蘭花剛才還說過，這是一項公然的挑戰，她已說過，絕不會放過那九個人的犯罪行徑，可是現在，她竟不到那九個人第一次犯罪的現場去看一下！

固然，木蘭花可以在他們的敘述之中得知現場的情形，但是如何比得上自己去親自觀察？而且，對方是如此不尋常的犯罪分子。

木蘭花在他們三人的凝視之下，卻沒有什麼特別的反應，只是道：「你們去吧！」

高翔等三人又互望了一眼，他們都知道，木蘭花既然說了不去，那麼，再多說什麼，也是沒有用的了，而且，他們也都急於到光輝珠寶公司去看看，究竟發生了什麼事，是以他們不再說什麼，一起向門口走去。

等到他們出了門，木蘭花在屋內，又聽到了汽車的發動聲，她才退了回來，熄了全屋的燈，坐在客廳中。

看她的情形，她好像在等著，但是她究竟在等什麼呢？只怕除了她之外，沒有別人知道了。

木蘭花在黑暗中坐著，她在想的是，那九個人的確是和別的犯罪分子不同，他們一面送出了兒戲式的「合同」，一面已經開始犯罪了！

29 秘約

這一點，木蘭花是已經料到的，木蘭花更進一步地料到，他們一開始犯罪，一定是接連的好幾件案子，而不是隔上幾天才犯一件。

他們的目的，是要造成一種聲勢，證明警方的力量奈何不了他們，那麼，他們就一定先要在極短的時間內，接連犯幾件案子。

第一件已經發生了，是一間著名的珠貨公司，那不能說是真正轟動的大罪案，那只不過是開始。

第二、第三件是什麼呢？

木蘭花在沉思著，她自然還沒有任何頭緒，但是她一直在思索著。

2 善者不來

高翔、穆秀珍和安妮來到光輝珠寶公司的大門口時，已有兩輛警車先來了。警鐘仍然在響著，刺耳的鈴聲，聽來有點驚心動魄。

珠寶公司的大門口，在那兩輛警車車頂上的強光燈照射之下，明亮得像是白天一樣，警方已架起了鐵馬，但還是有不少人圍觀。

珠寶公司的大鐵門半關著，裡面也是燈火通明，高翔、穆秀珍和安妮才一下車，兩個高級警官就迎了上來，神色頗得十分緊張。

高翔第一句話就問道：「珠寶公司的負責人到了沒有，究竟損失了多少？」

那兩個警官道：「已經通知他們了，立刻就可以趕到，高主任，這件案子，好像有點古怪！」

高翔早就知道，光輝珠寶公司的竊案不是普通的案子，那是幾個神通廣大、各有所長的業餘歹徒，向木蘭花和他挑戰的第一炮！

可是這時，他聽得那位警官神色凝重地那樣說道，他也不禁呆了一呆。

穆秀珍心急，一聽得那警官說案子有古怪，便已經迫不及待地問道：「有什麼古怪？」

那位警官猶豫了一下，好像話很難說出口一樣，高翔忙道：「進去了再說！」

那兩位警官已轉身向珠寶公司內走去，穆秀珍、高翔和安妮跟在他們的後面。

他們才走到大門口，還未曾走進珠寶公司，就聽得身後響起了十分劇烈的爭吵聲，高翔轉過頭，只見閃光燈亂閃，強烈的閃光燈的光芒，一時之間令高翔幾乎看不清眼前發生了什麼事。

但在這時，高翔卻聽到了幾個熟悉的聲音在叫他，道：「高主任，為什麼不准我們採訪？」

高翔定了定神，這才看清，在警方架設的鐵馬之外，已經聚集了大批記者，守衛的警員正在和要進來採訪的記者發生衝突！

在高翔身後的一個警官咕噥道：「他們是怎麼得到消息的？」

另一個警官道：「而且他們來得太快了！」

高翔苦笑了一下，他對這個問題，倒一點也不感到有什麼奇怪。

因為他知道，幹這件案子的人，最大的目的，是為了要打擊木蘭花和他的威信，那麼自然要盡量使他們出醜，他很自然是在一得手之後，就立即打電話通知各報記者的，這便是為什麼記者和他幾乎同時到達出事地點的原因了！

高翔向前走去，至少有三十多個記者，紛紛向高翔發出問題。

高翔舉起了雙手，他的心中很亂，因為他知道，光輝珠寶公司的劫案，不論多麼嚴重，那只不過是一個開始，以後還有更多的罪案會發生，而在以後發生的那些罪案之中，記者一定也會得到通知，立時趕到現場的！

高翔一舉起了手，所有的記者全都靜了下來，高翔道：「對不起，各位現在不能到現場去！」

記者們又發出了一陣不滿的聲音。

高翔又道：「這絕不是警方不和新聞界合作，而是這件劫案的性質十分特殊，所以各位如果進入現場，會使偵查工作受到阻礙，我向各位保證，在我離去的時候，一定可以給各位一個滿意的答覆。」

雖然還有許多記者依然在表示不滿，但高翔已不再理會他們，轉過了身去。

當他轉過身去的時候，只聽得記者叢中，有一個人高叫道：「高主任，從中東運來的那二十顆紅寶石，是不是已經失竊了？」

高翔轉過頭去，可是他卻無法辨認出在一大堆人中，剛才究竟是誰發出了這個問題來的。

他皺了皺眉，並沒有回答，就大踏步走進了珠寶公司之中。

當他走進去之後，門口的兩個警員立即將鐵門完全拉上。

但光輝珠寶公司，不但是本市，甚至於可以說是整個東南亞規模最大的珠寶公司之一，它的鋪面宏大，面積至少有三千平方呎以上，被一組一組豪華舒適的沙發劃分為許多部分。

顧客到光輝珠寶公司來選購珠寶，可以享受最好的招待，他們不必站在櫃檯前，而只消坐在沙發上，自然有職員來招待的。

自然，光輝珠寶公司也絕不出售普通的珠寶，它的每一件商品，都不是普通人所能問津的。出售最好的珠寶，這是光輝珠寶公司十分出名的營業方針。

高翔走進鋪面之際，除了有許多警方人員之外，看不出有任何異樣之處，一切仍然很整齊，一些設計精巧的玻璃櫥中，照例是空的，因為所有的珠寶都被收藏在保險庫之中。

高翔才一進去，就看到穆秀珍推開了一扇門，叫道：「高翔，你快來看！」

高翔以前曾經因為職務的關係，到過光輝珠寶公司幾次，他知道那扇門之後，是一條走廊，走廊的盡頭就是保險庫的大門。

這家珠寶公司的保險庫，也是十分著名的，由專家設計，堅固無比，那一條走廊有二十呎長，密佈電眼，別說弄開保險庫的大門，就是要通過這一條走廊，也絕不是一件容易的事。

高翔照著穆秀珍的叫喚，來到了那扇門前，穆秀珍推開了門，走廊中燈火通明，高翔只向前一看，也不禁呆住了。

走廊的盡頭，是保險庫的金屬大門，不鏽鋼的保險庫大門，閃著錚亮的光芒，在大門上，用紅漆漆著幾行字：

高翔、木蘭花、穆秀珍，你們浪得虛名，事實上根本無法應付最簡單的犯罪。我們來過了，取走了我們要取的東西，你們能破案麼？

高翔並不是一個容易被人激怒的人，可是這樣公然的挑戰，卻也使得他怒氣上升，以致在燈光下看來，他的臉色變得十分難看。

穆秀珍更不必說了，一臉怒容。

安妮的臉色，出奇地蒼白，只是咬著指甲！

跟著高翔進來的兩個警官忙道：「主任，我已經吩咐人去取藥水，來將這些字洗掉！」

高翔勉力定了定神，苦笑著，搖了搖頭，道：「那倒並不急——」

一個警官忙道：「要是讓記者進來看到，拍了照片，登在報紙上——」

那警官說到這裡，又憤怒又懊喪地搖了搖頭，無法再向下說下去。

的確，如果情形像那位警官所說的一樣，對警方的打擊，實在太大了！

但是高翔卻是苦笑了一下，道：「你想想，歹徒在這裡，能夠有時間從容地寫下兩行字，難道他們會沒有時間拍照麼？照我想，各報館明天就可以收到印好的照片了！」

聽到高翔那樣說的警方人員，全都你望我，我望你，一句話也說不出來。

穆秀珍早已大踏步來到了保險庫之前，保險庫的門還緊緊地關著，穆秀珍用力將門拉了拉，門紋絲不動，她有點驚訝地道：「門根本關著！」

高翔皺著眉道：「怎麼一回事？保險庫的門鎖著，裡面可能什能也沒有少，怎麼一回事？」

高翔的聲音變得很嚴厲，一個警官忙道：「這裡的警鐘是直通警局的，警鐘一響，我們一面找高主任，一面就派人出來了！」

高翔來到了保險庫的大門前，在厚厚的不鏽鋼大門口，有一具鐘在不碎玻璃之下，鐘還在走著，當每一個人都靜下來的時候，可以聽到輕微的淅淅聲，這是一扇由時間控制的大門。

高翔還看到，時間控制的指針，指在早上八時五十分上。照這扇門的設備來說，不到明早八時五十分，就算有鑰匙，知道了密碼也絕對打不開的。

高翔皺了皺眉，他的心情在突然間變得輕鬆了起來，因為照現在的情形看來，那些歹徒並未能得手，他們所做到的，只是通過了走廊，在門上用紅漆寫下了幾行字，如此而已。

高翔一想到這一點，不禁「哈哈」大笑了起來。

穆秀珍在一旁瞪著眼，望定了高翔，她實在不明白高翔何以在這樣的情形下，還笑得出來。

高翔拍著穆秀珍的肩頭，道：「秀珍，你還看不出來麼？根本沒有什麼人可以弄得開這扇門，他們只不過在門上寫了幾行字！」

高翔一面說著，一面已下令道：「去請所有的記者進來，讓他們看看歹徒做了一些什麼！」

一個警官立時快步奔了出去，片刻之間，三十來個記者湧了進來，不斷地拍著照，高翔並沒有向記者提及「生命合同」的事，只是指責了歹徒想以擾亂治安來對本市警方進行挑戰。

當高翔和記者會面之後的五分鐘後，光輝珠寶公司的幾個負責人也先後趕到，自然，他們一到，閃光燈又不斷地發出光芒來。

來的一共是三個人，他們之中，一個身形乾瘦的老者，是董事長，還有兩個中年人，一個是總經理，一個是營業主任，這兩人都是董事長的侄子。

三個人一到，就驚惶失措，高翔反倒安慰他們，道：「放心，保險庫的門沒有打開過！」

董事長氣呼呼地道：「本來嘛，誰也不能打開這座保險庫的門！」

他一面說，一面來到保險庫的庫門前，用手撫摸著，檢查了一遍，然後，滿意地轉過身來，道：「這真是世界上最安全的保險庫！」

高翔道：「為了仔細起見，請你現在打開來，檢查一下，究竟有什麼東西失竊。」

董事長指著門上的那具鐘，道：「大門是時間控制的，不到這個時間，我們也無法將它打開，要檢點有沒有失掉東西，只好等明天早上——其實，那是多餘的了，門沒打開過，怎會有東西不見！」

董事長的兩個侄子也齊聲附和著，高翔聳了聳肩，道：「好的，不過在手續上，我們要留下幾個人在這裡看守，明天早上，希望三位準時到達，我們可以確切知道是不是有損失。」

董事長點頭道：「好的，沒有問題！」

高翔轉身向身後的警官低語了幾句，吩咐他撤除街口的鐵馬，撤銷封鎖，因為整件事看來，只不過是一件兒戲的惡作劇！

穆秀珍很生氣，獨自罵了很久，安妮卻大大放了心，因為那幾個歹徒的伎倆，如僅止於此的話，那麼，也不用太擔心。

大半個小時後，他們已回到了家中，穆秀珍一面笑，一面罵，將事情說了一遍，木蘭花用心聽著。

等到穆秀珍講完，安妮才道：「看來，這些人也低能得很。」

木蘭花仍然不說話，她只是望著高翔，過了片刻，才道：「高翔，你難道一點也未曾研究，他們是如何通過那條走廊的？」

高翔呆了一呆，道：「那有什麼關係，他們根本無法弄開保險庫的門。」

木蘭花望了望高翔一眼，道：「如果你不知道他們用什麼方法通過密佈的電眼，那麼，你怎能肯定他們沒有弄開過那扇門？」

木蘭花這樣一說，高翔、穆秀珍和安妮三人，全都呆住了。的確，他們未曾想到過這一個問題。

木蘭花嘆了一聲，道：「高翔，你太粗心了，你甚至未曾要求看那走廊的電眼分布圖，也沒有檢查電眼系統有沒有遭受破壞！」

高翔急忙道：「電眼系統沒有遭受破壞，但是警鐘是被觸發了的，要不然，警方就不會知道珠寶公司之中出了事！」

木蘭花又皺了片刻眉，忽然打了一個呵欠，道：「時間不早了，秀珍，你該回去了！」

穆秀珍道：「蘭花姐，你既然認為他們有可能打開過保險庫的門，怎麼不立即採取行動？」

木蘭花搖頭道：「我們無法採取任何行動，因為那扇門不到時間是打不開的，如果門曾被打開過，一定是用特殊的方法，而我們又不知道他們用的是什麼方法，只好等明天了！」

穆秀珍又呆了一會，才告辭離去，高翔有點訕訕地送她到門口，道：「我們有人留在珠寶公司，明天一到時候，就可以知道究竟如何了！」

木蘭花只是微笑了一下，安妮挨近她的身邊，低聲道：「蘭花姐，你是不是在想，這九個人既然已經開始，絕不會只在保險庫的門上寫上幾行字就算數的？」

木蘭花點了點頭。道：「不錯，我正是那樣想，善者不來，來者不善啊！」

安妮沒有再說什麼，她的心情又沉重了起來。

第二天八點鐘，高翔就醒了，他打開了信箱，取出了一大捲報紙來。

幾乎每一份報紙的第一版，都刊登著光輝珠寶公司昨晚出事的消息，高翔對歹徒的指責也詳細刊登著，果然不出高翔所料，各報館在當晚就收到了神秘人物送來的照片。

如果昨天晚上，高翔不是公開招待記者，讓記者盡量拍照的話，那麼，警方的聲譽自然會遭受到進一步的打擊了。

而現在，從報上的新聞看來，只不過是一群歹徒在惡意破壞治安而已。

高翔對自己昨天晚上的處理感到很滿意，他自己弄了早餐，正在進食時，木蘭花也下來了。

高翔看了看手錶，時間是八時二十分。

高翔道：「還有半小時，保險庫門就可以打開，我想去看一看。」

木蘭花有點不置可否地道：「好啊！」

高翔一口喝下了半杯咖啡，拿起上衣來，道：「我一進保險庫，立即向你報告，我想，不會有什麼意外發生的，沒有人弄得開保險庫的門！」

木蘭花笑了一下，道：「但願如此！」

高翔頓了一頓，他知道木蘭花那樣說是什麼意思，木蘭花是說，事情不一定那麼樂觀。

但是高翔卻沒有爭辯，現在和木蘭花爭辯，是沒有意義的，反正半小時之後，光輝珠寶公司是不是有損失，就可以揭曉了。

高翔在離家的時候，心情還是很輕鬆的，他到了珠寶公司，昨晚他派駐在公司的幾個警官，和珠寶公司的三位最高負責人，已經全在保險庫大門口了。

時間卻還有一分多鐘的時間，高翔和各人打著招呼，保險庫門上的鈴聲大作，董事長笑著道：「行了，可以開門了。」

他拿出一張磁性卡來，插進一道縫中，他的兩個侄子合力轉動著門上的一個轉盤，發出「格格格」的聲響，半分鐘後，門就打了開來。

珠寶公司自己聘請的護衛，仍然和平日一樣，站在門口。

董事長和高翔等一行人，一道走進去。

董事長一面走，一面還是談笑風生，道：「我們的保險庫中，有著全世界最好的珠寶，要是真有什麼人能夠偷進來的話，那真是進入了神話境界中的寶洞一樣了！」

保險庫中有很多櫥窗，董事長一面說，一面推開了一扇櫥門，拿出了一隻錦緞盒子，打了開來，盒子中是光輝奪目的二十顆珍珠。

蓋事長道：「請看，這是南太平洋的天然珍珠，每一顆的直徑是十二毫米，二十顆同樣大小，同樣光澤，真是稀世奇珍！」

高翔點頭，表示同意。

董事長推上了櫥門，來到另一隻櫥窗，又取出一隻盒子來。

盒蓋才一打開，一片碧綠的光芒，映得人要不由自主深深地吸一口氣，盒內是一塊透明碧綠的翡翠。

董事長的神態顯得很驕傲，看來，他不像是一個珠寶商，倒像是一個藝術品鑑賞家，他道：「這是現世最大的一塊老坑玻璃種翡翠，你看，這種光澤，任何寶石都不可能有的。」

高翔也點頭表示同意。

這時，高翔的心情，簡直輕鬆得無可言喻了！因為，如果昨天晚上有人曾進入過這個寶庫的話，那麼，怎麼還會不取走這塊至少價值一百萬英鎊的翡翠？

董事長鄭而重之地將那塊翡翠放好，又走向另一個櫥櫃。

這個櫃是鎖著的，董事長轉動著號碼鎖的數字鍵盤。

高翔道：「這櫃中放的是什麼？難道比那塊翡翠更貴重，所以要加上鎖？」

董事長笑道：「自然是，那便是最近從中東運來的二十顆紅寶石，這二十顆紅寶石，我和伊朗王室競爭，結果給我買到了手，簡直是無價之寶！」

他一面說，一面拉開櫃門，取出了一隻鑲滿了各種寶石，猶如天方夜譚中所形容的那樣的盒子，打開了盒蓋，道：

「看——」

可是，他只講了一個字，便陡地停住了！

高翔在他打開盒蓋的時候，也湊過頭去看。

高翔完全可以知道董事長為什麼只講了一個字，就立時呆住了不出聲的原因。

那只盒子中，襯著雪白的天鵝絨的襯墊，在襯墊之上，有排列整齊的二十個凹痕，可是，只有二十個凹痕，並沒有紅寶石！

董事長的面色，在剎那之間變得鐵青，他的嘴唇在發抖，可是一個字也講不出來，身子也像是搖搖欲墜，高翔忙過去將他扶住，急急地道：「紅寶石不見了？它們是放在這個盒子中的？」

董事長忽然之間，像小孩一樣叫了起來，道：「我完了！我完了！」

保險庫中頓時亂了起來，董事長的兩個侄子過來扶董事長，高翔後退了一步。

高翔自從參加警方工作以來，不知處理過多少疑難的案子，可是這時候，他完全不知所措了，在那時候，他只想到了一點：木蘭花料對了！

木蘭花雖沒有明說，可是她顯然早已料到，事情絕不會止於在保險庫的大門口寫上兩行字。

而現在，果然，保險庫中，如此小心收藏著的二十顆紅寶石不見了！

高翔只覺得耳際一陣嗡嗡亂響，他實在不知該如何才好，他可以說從來也未曾如此束手無策過！

上午十一時，第一批號外，已在市面上開始發售，市民爭相購買。
不僅是因為失竊的二十顆紅寶石，單單保險額就達一百萬英鎊，而是整件竊案實在太神秘了，在完全不可能的情形下，在警方昨晚還認為歹徒只不過施展了一些鼠摸伎倆的情形下，真的曾進入保險庫，而且，單單取走了最貴重的二十顆紅寶石！
事情很明顯，歹徒是擺明了在向警方挑戰，而更明顯的是，警方在第一個回合，已遭到了嚴重的失敗！
街頭巷尾，市民都以這件事作為談話的資料，而且，幾乎眾口一辭地說歹徒神通廣大，人人都懷著同樣心理：看木蘭花和警方這次有什麼辦法！
光輝珠寶公司暫停營業，各種各樣的專家全來了。
木蘭花也早到了，但是，她只是坐在一張沙發上望著各人在忙碌，緊張地工作著，一聲也不出。
專家經過了幾小時的檢驗，使得事情變得更加神秘，因為，保險庫的大門毫無在昨晚曾被打開過的跡象。
事實上，時間控制的大門，根本是難以打開的——除非有人能使門口的時鐘提早到達打開的時間，但是經過檢查，卻又沒有這種跡象。

歹徒如何能通過密佈電眼的走廊，這一點，很快就查明白了，珠寶公司的用電，有自己的發電系統，專家檢查出，自動發電系統曾經受到干擾。

那也就是說，在昨晚的某一段時間內，電眼可能根本不發生作用，任何人都可以在這條走廊之中，自由自在地進出。

自然，要干擾自動發電系統，也絕不是一件容易做得到的事。

但是，那幾個歹徒之中，既然有著各種專長的專家，要做到這一點，還是可以想像的，最不可想像的是，他們如何打開門，走進保險庫！

因為電流中斷，並不能造成可以打開保險庫大門的機會，時間控制並不和電流發生關係，大門上的那只鐘，必然是機械發動的！

指紋的檢查報告，也很快送到了高翔的手中，除了董事長和他兩個侄子的指紋之外，根本沒有別人的指紋。

高翔還不放心警方專家的檢查，他請來了雲四風和雲五風。

這兩個人，可以說是世界上第一流精密機械的專家了，可是他們的結果和別人一樣。

穆秀珍是和雲四風一起來的，她一到，就纏著高翔問長問短，高翔心亂如麻，根本沒有去理睬她，她又去問木蘭花，木蘭花只是不出聲。

安妮是和方局長一起到的，安妮一到，就坐在木蘭花的對面，咬著指甲，一聲不出。

一直忙亂到了下午一時，方局長等人才在木蘭花的對面和旁邊分別坐了下來，誰也不開口，每一個人的心情都極為沉重。

珠寶公司的董事長首先開口，他的精神顯得十分差，道：「這二十顆紅寶石，我們買的保險，可以說只是象徵式的，只有它真正價值的三分之一，要是找不回來，我就要破產了。我是抵押了許多不動產，才調齊了現金，購買它們的。」

保險公司的代表更愁眉苦臉道：「這一筆賠款，我們公司實在難以湊得出來，只好先宣告破產！」

董事長又道：「本來，買主已經接頭好了，我可以有百分之二十的利潤，現在……」

高翔吸了一口氣，他不能阻止董事長說話，可是董事長的話，也確實令他感到不耐煩，他大聲道：「我們會將它找回來的！」

董事長哭喪著臉，道：「怎麼找？」

高翔道：「那是警方的事，請你們離開，我們要討論如何進行！」

董事長站了起來，可是他在站起來之後，忽然像是發了瘋一樣，突然伸手指著木蘭花，道：「蘭花小姐，這全是你弄出來的事，歹徒是針對你來的，不過倒楣的卻是我！」

木蘭花像是根本未曾聽到這種無理的指責一樣，連望也不望董事長一眼。

穆秀珍卻忍不住了，「哼」地一聲，道：「笑話，要不要我們賠你？」

董事長激動得完全失了常態，他揮舞著雙手，道：「你們應該負責，我去接見記者，告訴他們，事情是因為你們而起的！」

高翔也站了起來，道：「你不能——」

可是高翔只講了三個字，木蘭花便拉了拉高翔的衣角，平靜地道：「讓他去吧，反正事情也不會再糟到什麼地步了。」

高翔瞪著董事長，董事長在他兩個侄子的扶持下。怒氣沖沖地走了開去。

不一會，大批記者湧了進來，有的記者來到了木蘭花這一邊，高翔揮手道：「去聽董事長發表談話，一定有內幕新聞！」

木蘭花站了起來，道：「我們再留在這裡也沒有作用了，不是嗎？」

安妮低聲道：「蘭花姐，要是董事長的指責在報上登了出來——」

木蘭花皺了皺眉，然後道：「我們被迫要接受挑戰了，安妮！」

木蘭花那樣說，多少令各人在頹喪之中，感到了一點振奮。

而木蘭花的話，也被幾個耳朵尖的記者聽了去，所以，當天晚報的頭條標題是：

女黑俠木蘭花聲稱接受挑戰！

木蘭花雖然已經聲明接受挑戰，但是她究竟準備如何著手，卻連高翔也不知道，因為她在說了那句話之後，簡直就沒有再開過口！

3 智力考驗

暮色四合，木蘭花早已回到了家中，可是她仍然什麼話也不說。

高翔實在忍不住了，道：「蘭花。我們怎樣著手？」

木蘭花輕輕嘆了一聲，道：「高翔，在你還未曾知道珠寶是如何失竊之前，你怎能奢望找回失竊的東西？」

高翔苦笑著，道：「可是，坐在家裡——」

木蘭花笑著，道：「坐在家裡，有時是很有用的，至少可以靜靜地想！」

高翔嘆了一聲，又來回踱著步，木蘭花望了他一會，柔聲道：「高翔，別著急，來，坐下吧！」

木蘭花拍著身邊的椅子，高翔坐了下來。

木蘭花略停了片刻，道：「高翔，現在，我們是處在極其不利的地位，那九個人，他們所做的事，我們幾乎難以猜測，自然也無從對付——」

木蘭花講到這裡，高翔已苦笑著，道：「蘭花，你或許還不知道，光輝珠寶公司的事，發生了還不到十二小時，但是全市的罪案突然增加，有好幾宗案子，罪犯自稱是『九大金剛』！」

木蘭花略皺了皺眉，沉聲道：「那是意料中的事。」

高翔的神情很激動，他大聲道：「所以，我們要採取行動。而不只是坐著想！」

木蘭花明白高翔的心情，是以她對高翔的話，一點也沒有責怪的意思，她只是微笑著道：「我們當然要採取行動，但是如何開始，我們可以說一點頭緒也沒有，任何行動都只是白費心機，我們可以等著，那九個人不是說他們要幹一連串的罪案麼？他們不會偷了那二十顆紅寶石就算數的！」

高翔憤然道：「誰知道他們下一次又會幹出什麼事情來！」

木蘭花鎮定地道：「不論他們幹什麼，只要他們多犯一次罪，就必然留下多一點線索，他們若不停手，就一定難逃法網！天下永不會有毫無破綻的罪案！」

高翔也知道木蘭花那樣說法是對的，可是在情緒上，他卻仍然無法同意木蘭花以逸待勞的那種做法，他「哼」地一聲，道：「光輝珠寶公司的竊案，我們不是一點頭緒也沒有麼，那還不是十全十美的犯罪？」

木蘭花伸了伸身子，雙手交叉著，放在腦後，道：「也不完全是沒有頭緒，其中有好幾個可疑之點，不過你沒有好好地去想一想而已！」

高翔瞪大了眼睛望著木蘭花，木蘭花道：「有一個疑點，那九個人如果有辦法進入時間控制的保險庫，絕不會經過如此多專家的檢驗，而查不出一點痕跡來的！」

高翔道：「可是事實上，保險庫中的二十顆紅寶石不見了！」

木蘭花立時道：「這就是第二個疑點，如果那九個人進入了保險庫，他們絕不會只取走二十顆紅寶石，而碰也不碰其他的珍寶，要知道他們全是犯罪分子，而所有的犯罪者，他們之所以犯罪，就是由於經不起物質的誘惑。我不相信世界上有任何犯罪者，能夠有如此的自制力，這完全不正常！」

高翔眨著眼睛，因為照木蘭花所說的兩個疑點推測下去，唯一的結論，便是根本沒有人進過光輝珠寶公司的保險庫。

但是這樣的結論，卻是和事實極度矛盾的，因為事實是：二十顆放在保險庫中的紅寶石不見了！

不等高翔再說什麼，木蘭花又道：「你也想到了，這兩個疑點和事實矛盾，是不是？可是這兩個疑點，卻又各有它存在的立足點，這其中一定有什麼關鍵，不過我未曾想通而已！」

木蘭花說到這裡，又伸了一個懶腰，道：「而且，他們既然已幹了一件如此精彩的竊案，全市轟動，他們也應該有電話來表示成功了！」

高翔轉過頭，向電話望去，也就在這時，電話鈴陡地響了起來。

電話鈴一響。高翔還未曾取起電話來，安妮從樓上衝了下來，一面亮了客廳中的燈。

高翔欠了欠身，拿起電話來，放在擴音裝置上。

自擴音裝置中傳出來的，是好幾個人的笑聲，足有七八個人，全是男人的聲音，笑得十分起勁。

高翔發出了一下憤怒的吼叫聲，可是電話中的笑聲仍然不絕，足足持續了一分鐘之久。

高翔氣得臉色發青，但是木蘭花卻好像很欣賞那些笑聲一樣，臉上居然還帶著微笑。

高翔在笑聲快要結束的時候，又大吼了一聲，道：「有話快說！」

木蘭花道：「高翔，你所講的任何話，他們都不會聽到，這是一具錄音機發出的聲音。」

安妮呆了一呆，說道：「蘭花姐，你怎麼知道的？」

木蘭花道：「他們笑了那麼久，而不怕我們查這個電話是從什麼地方打來的，由此可知，他們是一撥通了電話，放下錄音機就走的！」

高翔激動的情緒漸漸平復了下來，電話中發出的笑聲也停止了，接著，便是一個男人的聲音，道：「怎麼樣？雖然你們不敢和我們簽訂合同，可是我們還是照原來的計劃行動了，光輝珠寶公司的竊案，令你們大為震驚了吧！告訴你們，第二件更轟動的案子，今晚就開始，這件案子，可以說是對你們的智力的考驗，你們不能不接受考驗，所謂東方三俠，究竟是怎麼一回事，真相就可以大白於天下了！」

那男子一口氣講到這裡，就音響寂然了。

也就在這時，另一具電話響了起來，高翔忙拿起電話，道：「我是高翔！」

「高主任，」電話中的聲音報告著：「剛才的電話，是從市立歌劇院打出來的。」

高翔已經吩咐過，所有打到他家來的電話，都要立即截查來源，這項工作果然有用，因為，就算如木蘭花所說，對方只是放置了一具錄音機，而不是人在那裡，那麼，至少也可以得到一點線索！

高翔道：「已經派人去了麼？」

電話中，警官道：「今晚歌劇院首次演出義大利著名的歌劇團的表演，本來已經有很多人在維持秩序，已通知他們就近徹查。」

高翔忙又道：「再通知他們，不論發現什麼，絕不能碰，我們立即就來！」

值日警官答應了一聲，高翔放下了電話，轉過頭向木蘭花望去。

高翔還沒有開口，木蘭花已然道：「好，我和你一起去，安妮，你一個人在家，千萬要小心，這一次，敵人比任何一次都要凶狠！」

安妮點了點頭，咬著嘴唇，說道：「不怕，上次我一個人在家裡，有人來炸屋子，也沒有將我炸死。」

木蘭花道：「利用一切警戒系統，千萬小心，我們未曾回來之前，不能睡覺，隨時等我的電話聯絡！」

木蘭花如此鄭重其事的吩咐著，也令安妮緊張了起來。

木蘭花和高翔離開了屋子，安妮一個人上上下下走了一遍，然後在書房坐了下來。

在那裡，通過許多電視攝像管，她可以看到整幢屋子內外的一切情形。

屋子內外都十分靜，靜得幾乎一點聲音也沒有，安妮小心地留意著幾幅螢光幕，木蘭花既然吩咐她要小心，她絕不敢有絲毫大意。

歌劇院的門口，在半小時之前，還是熱鬧無比的，但等到高翔和木蘭花來到的時候。卻已然相當冷清，只有兩個警員站在門口。

在歌劇院大門口經過的人，對那兩個警員也不會感到意外，因為今天是世界著名的義大利歌劇團首次公演，全市的達官貴人，富商巨賈，以及外交界的人士，幾乎全集中在歌劇院中欣賞歌劇，警方加派警員出來保護，自然是理所當然之事。

木蘭花和高翔一下車，兩個警官迎了上來，高翔的神情顯得很緊張，道：「沒有什麼意外嗎？」

一個警官道：「沒有，歌劇的第一幕，已經演出了兩場，電話是六個電話間中的一個打出來的，在那電話間中，我們發現了一具小型錄音機！」

高翔向木蘭花望了一眼，那自然是佩服木蘭花料事如神之意。

但是木蘭花卻一點也不覺得什麼，因為那九個人有著如此周密的犯罪計劃，他們會自己打來電話，而等著被人找出電話的來源，那才是奇聞了。

在兩個警官的帶領下，他們走進了大理石鋪砌的大堂。

市立歌劇院是全市最華麗宏偉的建築，踏在光潔的大理石地板上，使人有置身於羅馬宮殿的感覺。

經過了大堂，又通過了一條走廊，就是休息室，在休息室的一邊，是一列六個電話間，其中一間的外面，有兩個警員守著。

高翔走近那電話間，拉開了門，電話聽筒擱在一邊，一具小型錄音機放在電話聽筒的旁邊。

高翔拿起那具錄音機，按了幾個掣，倒轉錄音帶，一陣他曾經聽到過的笑聲又發了出來。

高翔連忙又按掣，使錄音帶停止轉動，他回過頭來，道：「蘭花，這上面會有指紋？」

木蘭花道：「當然不會有，我現在只是在奇怪，何以他們要找這裡來打電話！」

高翔道：「當然因為這裡人多！」

木蘭花皺著眉，道：「不，飛機場和火車站的人更多，高翔，我看他們第二件案子，會在這裡下手！」

高翔有點愕然不解，說道：「要搶歌劇院的票？」

木蘭花嘆了一聲，道：「高翔，你怎麼忘記了，他們不是普通的罪犯，他們的目的，是要做出驚天動地的事情來，並且證明他們要做什麼就做什麼，沒有人可以阻止得了他們！」

高翔仍然有點不明白。

木蘭花又道：「今天，前來欣賞歌劇的人，都是在社會各界極有地位的人，如果他們在這裡做些可怕的事——」

木蘭花講到這裡，略頓了一頓。

高翔也不由自主陡地打了一個寒噤，他低聲道：「我們到裡面去看看！」

木蘭花的眉心打著結，他們一起走進了劇院，門才一推開，女高音優美的歌聲就傳了過來，高翔伸手拉開了絲絨簾帷，滿劇院樓上樓下全是人，而所有的人，目光全集中在臺上。

臺上，女主角正在一面舞蹈，一面引吭高歌，歌聲高亮得叫人喘不過氣來。

看來，劇院中的一切都很正常，沒有什麼異樣。

高翔以極低的聲音說道：「蘭花，他們曾說過，不會無故傷人，在這樣的情形下，他們能夠做什麼？」

木蘭花也低聲道：「難說得很！」

女主角的高歌越來越激昂，她突然載歌載舞，舞進了後臺，一幅絲幕垂下來，另外兩個男角，一面唱著歌，一面走了出來，歌詞十分詼諧，是以劇院之中，不時爆出哄然的笑聲來。

事情是突如其來的，突然之間，兩個男演員的嘴唇還在動著，可是他們的歌聲，卻低得再也聽不到，觀眾之中，起了一陣小小的騷動，但立時又平靜了下來，因為人人都知道，那是擴音系統出了毛病。

那兩個男演員繼續在唱著，木蘭花突然在那時候緊握住高翔的手，道：「不好了，快去檢查擴音系統，要出事情了！」

高翔還沒有來得及轉過身去，一個宏亮的男人聲音，已經充滿了整個劇院。

那男人的聲音，是通過了整個劇院中一百多具擴音器一起傳出來的，是以在劇院中的每一個人，都可以聽得到這個男人的聲音。

當這個男人的聲音傳出來之際，木蘭花立時低嘆了一聲，道：「不必了，已經遲了！」

這時候，那男人的聲音在持續著，說的話，簡潔有力，甚至還很禮貌。

突如其來的聲音道：「各位女士，各位先生，很抱歉打斷了你們的欣賞，我必須通知各位，在歌劇院的某一處地方，已然放下了一枚炸彈，這枚炸彈爆炸的結果，可使整座歌劇院變成瓦礫，你們只有十五分鐘的撤退時間，請盡量利用每一秒鐘——」

當那男人的聲音講到這裡時，整個歌劇院中的混亂，已經超乎想像之外，所有的人都站了起來，女人尖叫著，男人已在奪路而走。

開始，還只有十幾個人衝到門口，但是不到一分鐘，幾百個人一起湧到了門口，根本沒有一個人可以通過門口！

也有的人在大聲叫嚷著：「請守秩序，不要亂呀！」

可是，一面在高叫著的人。一面自己也拚命想從門口擠出去。

在這時候，那男人的聲音，仍然從擴音器中傳了出來，木蘭花和高翔本來是站在門口的，可是當人像潮水一般湧出來的時候，立時將他們兩人推了出來。

但即使是到了外面，一樣可以聽到那男人的聲音，那男人已繼續道：

「放置這枚炸彈，是為了要證明本市警方的無能，為了要證明所謂女黑俠木蘭花，只不過是一個好管閒事的低能婦人，炸彈是用無線電遙控的，十五分鐘之後，觀眾散盡，我們會給警方三小時時間，來尋出這枚炸彈來，時間一到，那麼，本市第一座最美麗的建築物，就要變成歷史遺跡了！」

那男人的話雖然在持續著，可是瘋了一樣向外擠出來的人，根本不加注意，他們只是爭先恐後地向外擠著，婦人在尖叫著，美麗的衣服被擠得發了皺，沒有人再注意什麼禮貌。

木蘭花和高翔被逼在大堂的一角，對於這種場面，全然無能為力，在大堂中的警員想維持秩序，可是，二三十個警員和兩千多個急於逃命的觀眾相較，力量實在是太單薄了！

在那樣混亂的局面中，高翔緊緊地握著拳，直握得骨節「格格」作響，木蘭花似乎也失去了她平時持有的那份鎮定。

木蘭花的臉色變得十分蒼白，在她蒼白的臉色中，有一股令人望而生畏的怒意。

這九個不法分子，這一次的「玩笑」開得實在太大了，在歌劇院中的觀眾經歷了這樣的一次事件之後，對本市警方會有什麼印象，那自是不問可知，而且，在觀眾之中，有著不少外交人員，那也就是說，本市警方的聲譽，會受到世界性的破壞！

觀眾你推我擠地向外擁著，木蘭花和高翔看到方局長和一批高級官員，也慌慌張張自樓梯上走了下來，方局長居然看到了高翔，他推開了許多人，擠到了高翔的身邊。

方局長是有著數十年警務工作經驗，極其幹練的警方人員，可是在如今那樣的情形下，他也不禁沉不住氣，滿臉通紅，額上全是汗珠，頓著足，連聲道：「這怎麼說？這怎麼說？」

木蘭花深深地吸了一口氣，道：「方局長，現在的混亂局面，任何人都無法控制，等人全散了再說吧，人也散得差不多了！」

人的確已散得差不多了，近兩千人像是決了堤的洪水一樣衝出來，轉眼之間便散了個乾淨，只有一些後臺的工作人員，在倉皇失措地奔出來，高翔走過去，叫他們快離開。

在門口的警方人員也有機會進來了，高翔勉力鎮定心神，發出了一連串的命令。

大堂之上，至少留下了一兩百隻鞋子，真有點難以想像，失了鞋子的女士們，是如何離去的，而當時的混亂情形，也可見一斑了。

木蘭花拉著高翔，奔向音響控制室，控制室的門鎖著，高翔拿出槍來，在門鎖上發射兩槍，撞開了門。

只見兩個音響控制員倒在地上，昏迷不醒。

木蘭花略作檢查，就發現整個音響系統的電路，被駁接在一具小型錄音機上，剛才充斥大堂所發出來的聲音，就是從那具錄音機發出來的。

而在一張桌子上，另外有一具錄音機，上面貼著一張紙，紙上寫著：「當你們破門而入時，請聽聽我們的話。」

這時，方局長也來了，幾個警員將兩個昏迷不醒的音響控制員抬了出去。

方局長道：「附近的街道全封鎖了！他們……他們還有什麼話要說？」

木蘭花已按下了那個錄音機的掣，自然是那個男人的聲音，道：

「請注意，有一枚烈性炸彈就在歌劇院中，絕不是假的，從現在起，有三小時的時間供你們去尋找，如果找不到，請在最後一分鐘撤退，因為我們無意傷害人命，我們只想證明，我們要幹什麼，就幹什麼，沒有人可以阻止我們，尤其是木蘭花，真對不起，我們曾稱你為低能的婦人！」

在音響控制室中的人，包括高翔和方局長在內，都向木蘭花望來。

但木蘭花卻恢復了固有的鎮定，她轉過身來，道：「我們要開始搜索了，一枚烈性炸彈的體積不會太大，而歌劇院每一處地方都可以收藏，三小時的時間，不是太充裕的。」

高翔道：「蘭花，你以為真有炸彈？」

木蘭花的回答，極其肯定，道：「一定有，別浪費時間了！」

他們一起退出了音響控制室，一隊帶著儀器的搜索隊已然來到，木蘭花和高翔並立著，木蘭花道：「高翔，別沮喪！」

高翔苦澀地笑著，他實在沒有法子不沮喪，因為今天晚上的事，比起光輝珠寶公司的失竊案來，對警方聲譽的破壞，對全市的轟動，不知要厲害多少倍。

高翔已經知道有大批記者在門口等著，可是他卻根本提不起勇氣去和記者見面！

木蘭花的聲音卻仍然那麼平靜，她道：「高翔，他們多做一件罪案，就多留下一點線索，那是確定不移的，現在，那兩個音響控制員至少曾和他們見過面，你在這裡主持搜索，我到醫院去看他們。」

高翔點了點頭，木蘭花道：「如果到了最後還找不到炸彈，一定要盡快撤退！」

高翔又苦笑了起來，木蘭花走過大堂，到了歌劇院的大門口，只見大門口的廣場外架著鐵馬，警員林立，不准任何人走近。

木蘭花慢慢走了出來，走出了二十碼左右，回過頭來望了一下。

歌劇院建築巍峨，燈火通明，她的心中充滿了無窮的感慨，任何事情都必須作最壞的打算，對方既然誇口，給警方三小時的時間，那就說明，這枚炸彈藏得十分巧妙，三小時的時間之內，根本不可能找得到！

對方的目的，是盡量造成最大的破壞，對她作最大的打擊，那只有在三小時之後，警方找不到隱藏的炸彈，爆炸發生，才能達到目的！

木蘭花心中想，自己現在望著的歌劇院，在天明之後，有可能變成一堆廢墟了！

木蘭花深深地吸了一口氣，一個警官已駕著一輛車，來到了木蘭花的身邊。

一大批記者看到木蘭花走出來，躍過了鐵馬，向前奔來。在木蘭花進入車子之前，至少已被拍了一百多幅照片。

木蘭花離去之後不多久，穆秀珍、雲四風、雲五風全來了，雲五風聽說只有安妮一個人在家裡，立時又駕車離去，去陪安妮。

那時，在木蘭花的住所裡，安妮還全然不知歌劇院中，已經發生了那樣的大事，她只是注視著那一組電視螢光幕。

甚至在公路上，也很少車子駛過，極其平靜，在木蘭花和高翔離去之後足足一小時，她才看到雲五風的車子停在門口。

雲五風的車子她是熟悉的，接著，她看到雲五風下了車，來到了門口。安妮不知怎樣，當她看到雲五風獨自來到時，有點心跳加速。她按下一個掣，道：「五風哥，你怎麼一個人來了，有什麼事？」

雲五風的聲音傳了過來，道：「歌劇院中有了一點意外。」

安妮一面說，一面按下了另一個掣，鐵門經由自動控制系統自動打開，雲五風急急走了進來，不一會，就出現在安妮的眼前。

雲五風和安妮都不是喜歡講話的人，雲五風自己拉過了一張椅子，在安妮的身邊坐了下來，嘆了一聲，才道：「這一次，高翔和木蘭花真是遭到了大麻煩，可惜我們不能幫助他們！」

安妮著急地問：「歌劇院中發生了什麼事？」

雲五風將歌劇院中發生的事講了一遍，他知道歌劇院發生意外，是由電臺報告獲知的，而他一到歌劇院，就來到安妮這裡，是以他也只知道一個大概。

等他講完了之後，他打開了收音機。

電臺正在報告有關歌劇院的事，播音員在一再重複著下列的幾句話：

「請市民切勿到歌劇院附近去，已在歌劇院附近的市民，請盡快回家去，警方已盡一切力量搜尋隱藏的炸彈，但也可能沒有結果，不聽勸告而聚集在歌劇院附近的市民，有可能在爆炸發生時意外受傷，請市民散開，回家去！」

安妮和雲五風對望著，兩人的心境都十分沉重，不知說什麼才好。

在歌劇院中，拿著搜索儀器的警方搜索隊，正在逐寸逐寸地搜索著。

時間在慢慢的過去，可是，卻一點結果也沒有，高翔和方局長的神色也越來越是陰沉。

而在歌劇院外，無知的市民，根本不聽勸告，反倒人人都抱著看熱鬧的心情，越聚越多。

雖然聚集的市民全被攔在兩三百碼以外，但如果爆炸突然發生，這些人一定會發生混亂，在混亂之中，什麼可怕的事情都有發生的可能！

但是，不論警方如何勸告，無知的市民仍然聚著不肯走，他們非但不肯走，而且正津津有味地討論著，打著賭，當然，這些全是些沒有知識的人，稍有知識的人，絕不會在這種時候，增添警力的麻煩。

幸而歌劇院是獨立的建築物，附近全是大片空地，就算發生猛烈的爆炸，也不怕有其餘的建築物被波及，警方已接到了幾宗報告，在市區的其他地點發生了搶劫案，那自然是歹徒在趁機會活動。

這九個不法之徒，或者想不到他們的行動，會帶來多麼嚴重的後果，或者他們是想到了的，或者他們還會為這種惡果而喝采，因為他們是犯罪分子，在木蘭花的心目中，他們已被視為是最可怕的犯罪分子！

4 第三個節目

在醫院中，那兩名被麻醉劑麻醉過去的歌劇院音響控制員已然醒了過來。在警方的嚴密保護下，木蘭花進入了病房。

兩個音響控制員的年齡很輕，只不過二十來歲。

木蘭花在兩張病床之間坐了下來，嘆了一聲道：「經過的情形怎樣？」

兩個中的一個道：「我們正在工作，忽然有四個人闖了進來——」

木蘭花道：「四個？」

那音響控制員道：「是的，四個，他們的頭上都套著面罩，戴著手套，我們才回過頭，就有一股液體噴在我們的臉上——」

另一個接道：「天旋地轉，我們就昏過去了。」

木蘭花吸了一口氣，她以為可以得到很多線索，但這時，看來仍然一點線索也沒有！

木蘭花略呆了一呆，又問道：「照你們看來，改變電路，要使在控制室發出的聲音，在整個歌劇院中都聽得到，要多少時間？」

兩人互望了一眼，道：「不必太多時間，甚至不需要半分鐘。」

木蘭花想起當時的情形，歌劇院中，音響系統突然沒有聲音的時間，還不超過一分鐘。

那兩人中的一個又道：「當然，那得要對整個擴音系統十分熟悉的人才能做得到！」

木蘭花問道：「熟悉到什麼程度？」

那兩人互望了一眼，一個說道：「專家程度。」

木蘭花緩緩地吸了一口氣，她知道，在那九個人之中，有著各種專家，他們以前曾印製了一批和真鈔幾乎沒有分別的偽鈔，而且，還將這批偽鈔和大銀行保險庫中的真鈔掉換，他們既然連這樣的事都可做得到，那實在沒有什麼做不到的事了。（偽鈔掉換真鈔一事見於《木蘭花傳奇27魅影》之〈古屋奇影〉篇）

木蘭花站了起來，那兩個音響控制員還不知道事情有多麼嚴重，因為歹徒一進來，他們就昏了過去，是以這時，他們兩人齊聲問道：「蘭花小姐，他們究竟做了一些什麼事？」

木蘭花苦笑了一下，道：「他們放下了一枚烈性炸彈，如果我們不能在三小時之內，將這枚炸彈找出來的話，那麼整座歌劇院就要被炸毀了！」

那兩個音響控制員聽得面面相覷，說不出話來。

木蘭花緩緩地走向門口，離開了病房。

她到醫院來，可以說一點結果也沒有！

木蘭花也知道，歌劇院方面，一定同樣沒有結果，要不然，高翔早有電話來告訴她了。

木蘭花在離開醫院，回到歌劇院的途中，她開始想到，單是儀器的搜索，可能根本找不到那枚炸彈，最主要的，還是要靠思索。

歹徒放下了一枚炸彈，作為挑戰，如果能在三小時之內找出這枚炸彈來，那就證明自己這方面的智力，至少和歹徒一樣！

如果根本找不出炸彈來，到時候由得歹徒以無線電控制，將歌劇院炸毀，那麼，以後歹徒再幹出比這案子更嚴重的事來，也是全然無法對付了！

木蘭花絕不是無緣無故緊張的人，但是這時，當她想到這件事的嚴重性之際，她的手心之中，也不禁在隱隱地沁著汗。

車子很快就來到了歌劇院附近，街道之中聚滿了人，如果不是有大批警員在維持秩序，車子根本無法通得過。

老遠就望到燈火通明的歌劇院，木蘭花又不禁嘆了口氣，那九個傢伙不但是犯罪專家，而且其中一定還有一個極其傑出的心理學家，懂得如何去製造聳動的新聞，懂得如何去利用群眾的盲目心理！

木蘭花的車子在兩邊全是鐵馬架成的路中行駛，到了歌劇院門口。

和她離開之際不同的是，聚集的人更多了，警方人員也相應地增加，總算還能控制住局面，將所有聚集的群眾都逼在幾百碼之外。

當木蘭花車子經過的時候，她已經聽到人叢中有人在大聲非議或揶揄著警方的無能。

聽到了這樣的話，木蘭花的心中，自然是不好受到了極點。

木蘭花快步走上石階，才一進門，就聽到了穆秀珍叫喊的聲音，穆秀珍在大聲叫道：「將每一張椅子都拆開來，詳細檢查！」

接著，便是高翔的聲音，道：「秀珍，每一張椅子都已經用儀器測過了！」

木蘭花走了進去，高翔和穆秀珍全轉過身來，看到了木蘭花，他們反倒不出聲了。

高翔抹了抹額上的汗，道：「還沒有找到，幾乎全找遍了！」

木蘭花道：「還有時間，將整個歌劇院分成若干部分，再從頭找過！」

雲四風也走了過來，木蘭花道：「四風，有沒有可能，有一種裝置，使得探測器不起作用的？」

雲四風道：「當然有，強力的電波干擾，就可以使探測器不發生作用，但是現在的情形下，這種可能好像不大，因為炸彈如果是連絡電源的，就會很容易被發現！」

高翔立時轉過身去對兩個警官道：「快去詳細搜索一切和電源有聯結的地方，要注意電表房！」

那兩個警官急步奔了開去。

木蘭花背負著雙手，來回踱著，道：「找到炸彈後的預防措施，已準備好了麼？」

方局長恰好在這時走了過來，他道：「全準備好了，連防爆筒都運來了。」

木蘭花點頭道：「好，我認為應該將防爆箱弄進來，不讓外面的人知道，因為炸彈是遙控的，如果對方知道我們已找到了炸彈，可能根本不將之引爆，這樣，他們就更會得到喝采聲！」

高翔苦笑著，嘴唇動了動，可是並沒有說話。

木蘭花立時道：「高翔，我知道你想說什麼，你以為炸彈還沒有找到，說這些是多餘的，是不是？」

高翔仍然沒有說什麼，但是他顯然被木蘭花說中了心事，他攤了攤手，又走了開去。

木蘭花慢慢向前走著，來到了休息室。

休息室中的沙發，全被倒翻了過來，至少有十幾個警員，還在仔細地搜索著。

高翔不久也走了進來，搖著頭，道：「沒有，所有的電路都經過了檢查，沒有結果。」

木蘭花翻轉了一張沙發，坐了下來，穆秀珍還在團團亂轉，時間在迅速地過去，只剩下二十分鐘了。

方局長和高翔一起來到了木蘭花的身邊，高翔道：「我們準備放棄了！」

在那一小時多的時間內，木蘭花只坐著，幾乎沒有說過話。

她雖然坐著不動，但是她卻是在不斷地思索著，她在想：那枚炸彈究竟放在什麼地方，何以如此大規模的搜索還找不到。

她聽到高翔說要放棄了，抬起頭來，道：「為什麼，不是還有二十分鐘麼？」

高翔苦笑道：「搜索隊的專家說，可能那只是一個惡作劇，根本沒有什麼炸彈，如果有的話，在現在那樣的情形下，早就該發現了。」

木蘭花霍地站了起來，她是很少那麼激動的，但這時，她的聲音之中，卻真的充滿了怒意，她道：「一定有的，一定有炸彈在！」

方局長道：「就算有，我們也得承認，我們找不出來，再不開始撤退，時間會來不及。」

木蘭花呆了極短的時間，才道：「好，開始撤退吧，不過，我要留在這兒！」

木蘭花的話，令所有的人都吃了一驚。

高翔尖聲叫了起來，道：「蘭花！」

木蘭花立時道：「別浪費時間了，你以為我會和歌劇院同歸於盡？我是要利用最後一秒鐘時間，將這枚炸彈找出來！」

高翔立時道：「我自然和你在一起！」

穆秀珍道：「還有我！」

木蘭花向方局長望了一眼，方局長明白她的意思，立時轉身，下令撤退。

十分鐘之後，歌劇院中，已經只剩下木蘭花、高翔和穆秀珍三個人了！

整座歌劇院的建築之中，可以說稱得無聲，但是在歌劇院附近，至少聚集了上萬人，他們發出的聲音，在歌劇院內也隱約可聞。

高翔看了看鐘，時間只剩下九分鐘了！

木蘭花只是在休息室中來回踱著步，高翔大聲道：「蘭花——」

高翔一叫，木蘭花才如夢初醒似地，站定了身子，道：「高翔，我想過了，那枚炸彈，一定是放在我們未曾料到的地方！」

高翔道：「事實上，每個角落都搜查過了！」

穆秀珍也道：「每一個地方都找遍了，蘭花姐，我可以證明這一點！」

木蘭花的眉心緊緊地打著結，她已經有了一個概念，那枚炸彈，一定是放在被他們忽略了的地方，那是什麼地方呢？她卻想不出來。

而時間在慢慢地過去，只剩下五分鐘了！

在那樣的情形下，時間好像過得特別快，分針的移動，快得出奇。

穆秀珍再一次抬頭去看鐘時，已經只有四分鐘了！

穆秀珍突然指著那只鐘，道：「可能炸彈藏在那只大鐘裡面！」

木蘭花立時道：「不可能，要架起梯子來，人才能碰到鐘，他們沒有這個機會！」

就在這幾句話的工夫，時間只剩下三分鐘了！

一陣腳步聲，兩個警官突然在這時奔了進來，急急地道：「高主任，局長要你們立時撤退！」

一看到那兩個警官，木蘭花的心中陡地一亮，她不由自主發出了一下歡呼聲。

當高翔和穆秀珍回頭向她看去時，只見木蘭花已然奔向那一列電話間，而且拉開了其中一間的門。

那一間，正是事情一開始，就在裡面發現錄音機的那一間！

在那一瞬間，高翔立即明白了，他也不禁發出了「啊」地一聲！

歹徒是在那間電話間中，利用錄音機打電話到木蘭花家中的，高翔當時便在電話中命令兩個警官守著那間電話間，不讓任何人接近。

而在他和木蘭花到達之後，取到了那具錄音機之後不久，就出了事，在極度的混亂中，高翔並沒有撤銷這個命令，那電話間的門口，一直有兩個警官守著，既然有人守著，搜索隊自然沒有接近過。

而且，錄音機是在那留話間發現的，這個地方，應該成為最顯著的目標，誰也不會想到，炸彈就是放在這個電話間中！

高翔在剎那之間想通了這一點，他也急急向電話間奔了過去。

但是高翔才奔出了幾步，木蘭花已經捧著一具電話走了出來，搖頭示意高翔讓開。

高翔不由自主抬頭看了看鐘，時間只剩下一分半鐘了！

木蘭花穩步地向前走著，到了大堂，防爆箱就在大堂的正中。

防爆箱是一具六呎乘六呎的方形箱子，有著極厚、極堅固的外型，就算是一千磅的炸彈，在箱內爆炸，也不會有絲毫損壞。

當木蘭花將炸彈放進防爆箱，拉上了箱蓋便退開去時，只有二十秒鐘的時間了，木蘭花、穆秀珍和高翔以及那兩個警官，平心靜息地等著。

在最後的十秒鐘，只見方局長忽然奔了進來。

木蘭花忙向方局長擺手，方局長看到了眼前的情形，也知道是怎麼一回事了，他陡地鬆了一口氣。

也就在這時，在防爆箱之中，發出了一下沉悶的爆炸聲。

那一下爆炸是如此之猛烈，以致令重達一噸半的防爆箱陡地跳動了一下，倒了下來，將大堂的大理石地面砸得碎裂了一大片。

方局長向前奔了過來，木蘭花像是感到了十分疲乏，她道：「方局長，可以請外面所有的記者進來了！」

方局長向那兩個警官望了一眼，那兩個警官立時大踏步奔了出去。

報上整版頭版，都是昨天晚上有關歌劇院的新聞，有的報紙指出，在最後一分鐘找到了那枚炸彈，是警方的勝利。

但是也有報紙提出質問：歹徒如果每天都製造一件同樣的事件，那麼，不出一個月，本市就會變成一座恐怖之城！

木蘭花根本沒有看報紙，她在起身之後，照樣在花園中做了半小時的體操。當穆秀珍和雲四風來到之際，她正提著水壺在澆花。

穆秀珍一進來，就大聲道：「蘭花姐，這些人又有什麼新花樣？」

木蘭花淡然地道：「最難測的是人的思想，誰知道他們會有什麼新花樣！」

穆秀珍恨恨地道：「這九個人，警方不是都有他們詳細的資料的麼？」

木蘭花放下了水壺，道：「是啊，高翔昨天晚上將這九個人的一切資料研究了一晚，我告訴他沒有用的，他不相信！」

高翔也從屋中走了出來，他的眼中佈滿了紅絲，可見他真是一夜未曾睡過，但是他的精神看來卻很好，他道：「未必沒用處，我至少已經有了發現，這九個人幾乎沒有任何社會關係，但是其中一個電機工程博士卻曾熱戀過一個著名舞女！」

木蘭花搖頭道：「高翔，在歹徒的情婦那裡獲得線索，從而破案，那只是小說和電影中的事，在現實生活中不會有的！」

高翔道：「我已經下令，二十四小時嚴密監視那個紅舞女的行動了！」

木蘭花微笑著，道：「你可以那樣做，但不會有用，我們只好再等他們發動第二件案子！」

穆秀珍握著拳，揮動著，當然，她的舉動也是無意義的，只不過為了要表示她心中的氣憤而已。

木蘭花道：「你們很忙，不必為這種事多浪費時間，還是去處理你們的事吧！」

穆秀珍道：「不，今天我要和你在一起！」

安妮也在這時走了出來，脅下挾著書本，她來到木蘭花的身前，道：「蘭花姐，我今天可不可以不到學校去？」

木蘭花冷冷地道：「你說可以嗎？」

安妮嘆了一聲，走到車房。將書本拋進車中，上了車，駕著車，緩緩駛了出去。

昨天歌劇院的事，安妮和雲五風是直到木蘭花回來之後，才知道這一切經過的，雖然事情到最後未曾形成巨災，但是也夠糟糕的了！

經歷過了光輝珠寶公司和歌劇院兩件事之後，已給大多數人造成了一個印象，本市的警方力量單薄到了絕不能和一夥有組織的歹徒對抗！

雖然，警方和木蘭花曾不知多少次和凶悍的犯罪組織抗爭過，並且取得了勝利，但是現在，人們似乎將過去的事忘了！

這真是極度不公平的事！

安妮一面駕著車，一面不由自主大聲叫了起來，道：

「那太不公平了！」

由於她一面在沉思，一面在駕車，是以並沒有注意路上的情形。

事實上，這條通向市區的路，她每天都要來回幾次，是她駛熟了的，她根本不必多加注意，路上也不會有太多的車子。

可是這時，就在她想得入神，不由自主叫了一聲之際，車身突然震動了一下，接著，便是「砰」地一聲響。

安妮連忙踏下剎車，她已經看到，在她車子的左右，都有一輛大型房車停著，其中的一輛，還撞到了她的車子。

在那兩輛大型房車中，每一輛內都有兩個男人，他們的臉上，都戴著看來十分滑稽的面具。

安妮幾乎立即知道是怎麼一回事了！

她立時又踏下油門，車身陡地震盪著，擦過已撞在一起的房車，向前衝了出去，引擎發出驚人的吼叫聲。

可是，她的車子才衝出了幾碼，另一輛房車緊跟著撞了過來，阻在面前，兩輛車中的人都下車來，拉開了安妮的車門。

安妮深深吸了口氣，望著那男人手中的手槍。

其中一個男人沉聲道：「對不起，安妮小姐，綁票，這是我們的第三個節目！」

在那一瞬間，安妮倒願意自己仍然坐在那張輪椅之上！

雲五風設計製造的那張輪椅，有著許多極厲害的攻擊性武器，安妮曾用其中的小型火箭擊毀過一輛汽車，雖然事後曾受到木蘭花嚴厲的苛責，但是那總比現在要好得多了！

現在，她根本無法反抗，因為在她的身邊，沒有一件可以反抗的武器！

安妮也不禁有點埋怨木蘭花，木蘭花曾不止一次說明，要安妮做一個正常的人，一個正常的少女，是絕不會在上學途中帶著武器的。

安妮這時望著那男人手中黝黑的槍口，不禁苦笑了起來，木蘭花的好意，她是知道的，可是，她已經注定了不能做一個過正常生活的少女，難道木蘭花會不明白這一點！

那男人又道：「出來吧，安妮小姐，只要你不反抗，你不會受到任何傷害，不然就難說了。」

在那男人說話的時候，另一個男人伸手來拉安妮。

安妮尖聲叫道：「別碰我！」

她欠著身子，自車中走了出來，站在車邊，冷冷地道：「你們全是懦夫，甚至不敢以真面目示人，你們——」

她講到這裡，身子陡地向旁一閃，便抓住了在她身邊，本來離她足有五六呎的一個人的手腕。

安妮的動作快疾無比，那是木蘭花訓練出來的，那男人根本連躲逃的機會也沒有，手腕一被安妮抓住，他剛想要掙扎，安妮已然一扭身，藉著轉身的力量，將那人的身子直抛了起來。

安妮聽到那人的身子撞在車玻璃上，並且將玻璃撞破的聲音，也聽到那人發出的慘叫聲，但是安妮卻沒有機會看到那人究竟傷成什麼程度，因為另外兩個人立時舉起槍頭向她瞄準，而且扳動了槍機。

自槍中射出來的，是兩股液體，那兩股液體射在安妮的臉上，安妮聞到了一股極其辛辣的氣息，在十分之一秒鐘間，安妮眼中看出來的車子都變成了鮮紅色，最後是深紫色，接著是一片黑暗。

安妮昏了過去，前後不到半秒鐘。

5 九金剛

巡邏警車發現了安妮的車子，又看到一地的碎玻璃和血漬，停了下來，去察看車廂時，發現車座上留著一封信，信封上寫著：

木蘭花、高翔、穆秀珍合啓

巡邏警車上的警官知道事情非同小可，立時用無線電話通知高翔。

出事地點，離高翔住所不及兩里，高翔、木蘭花、穆秀珍和雲四風，五分鐘之後就趕到。

穆秀珍一把搶過那封信拆了開來，他們一起湊過頭去，看信上寫著：

你們親愛的小妹妹安妮，現在在我們的手中了，請問三位有什麼辦法呢？她一天不脫險，三位的名譽便低落一分，祝你們努力尋找！

信末的署名是「九金剛」，在「九金剛」之後還有個括弧，括弧內寫著一句話：

這個名稱不是我們自己想出來的，但是很不錯，我們已決定採用。

穆秀珍怒吼了一聲，將信搓得皺成一團。

高翔不等看完信，便已經下令一切公路上的巡邏車，在各個路口檢查一切來往的車輛。

木蘭花在地上拾起了一塊沾血的碎玻璃來，交給了一個警官，道：「快去化驗血型，我要知道，受傷的是安妮還是他們的人！」

穆秀珍懊喪無比，頓著足道：「本來就不應該讓安妮去上學的！」

木蘭花瞪了穆秀珍一眼，穆秀珍道：「至少，也應該有人陪她！」

木蘭花冷冷地道：「這些人如果認為安妮在我們之間，年紀最輕，最易於應付，那麼，他們就大錯特錯了！他們幹別的事，我們可能一直沒辦法應付，但這次，他們犯了致命的錯誤，那可以說是他們失敗的開始！」

穆秀珍氣呼呼地道：「可是他們弄走了安妮！」

木蘭花道：「是，他們是用強烈麻醉劑令安妮昏迷，然後將她架走的，和他們將歌劇院的那兩個音響控制員弄昏過去的手法一樣，這種麻醉劑，高翔，並不是普通藥房能買得到的。」

高翔已從警車上走了下來，點頭道：「我們會在這一方面徹查。」

木蘭花又道：「安妮雖然昏迷，但是她會醒過來的，等她醒過來時，他們就知道事情沒有那麼容易了！」

穆秀珍瞪著眼道：「蘭花姐，你以為在九個這樣厲害的匪徒的監視之下，安妮可以有機會逃得出來？」

木蘭花皺了皺眉，道：「我沒有這樣想過，我只是說，這九個人帶走了安妮，他們已為自己惹下了極度的麻煩！」

木蘭花一面說，一面繞著車子走著，察看著，道：「一共有兩輛車子，安妮一定是一面駕車，一面在胡思亂想，沒有注意別的車輛，要不然，她絕不會被人家這樣逼著停下來的。好了，我們該到警局去應付到訪的記者了，他們一得手，我看第一件事，是通知各報記者，連我們的人，他們都敢下手，那更證明他們神通廣大，我們又落下風了！」

高翔的臉漲得通紅，道：「每天都有這樣的事，我不知道該如何應付才好！」

木蘭花卻道：「很簡單，你可以告訴記者，警方正在努力追查，暫時無可奉告。秀珍，你不必著急，安妮的安全，是絕無問題的！」

穆秀珍道：「但如果安妮想逃走，他們一定會毫不猶豫地殺死她！」

木蘭花默然了，她知道安妮的性格，知道安妮一定會反抗，她也知道，穆秀珍所說的是對的，安妮如果一反抗，那麼……

木蘭花深深地吸了一口氣，沒有再說下去。

這時，又有兩輛警車趕到，木蘭花駕著車，和高翔、穆秀珍一起到了警局，雲四風駕著自己的車子，趕著去通知雲五風。

一到警局，木蘭花就知道，玻璃上的血型是O型，而安妮的血型是AB型。由此可知，那些人在帶走安妮的時候，事情並不順利。

其中至少有一個人受了傷，傷勢可能還不輕，高翔又下令注意全市的醫院、醫務所和藥房。

但是無論如何，那是一件極其困難的事，本市是一個有著過百萬人的大都市，一個人受傷，有許多辦法醫治而不被人發覺！

不出木蘭花所料，警方的會客室中，記者群集，高翔一出現，問題便如同潮水一樣地湧過來。

高翔竭力使自己的聲音保持平靜，他道：「各位，這是一件很普通的事，安妮小姐曾不止一次地落在歹徒的手中，但是每一次都安然地歸來。」

一個記者道：「歹徒可曾提出什麼條件？」

高翔有點不耐煩，道：「沒有，警方正在盡力偵查，暫時無可奉告！」

正在這時，又有十幾個記者急匆匆走進來，各人的手中都握著一封信，其中一個將信遞到了高翔的面前，道：「這是我們報館才收到的！」

高翔接過來一看，他的面色越來越青，他不再理會記者的問題，一轉身就離開了會客室，回到了自己的辦公室中，將那封信重重地擲在桌上。

木蘭花和穆秀珍一起過來看，信是寫給報館的，但是卻向他們三人提出了條件。信上寫著：

「三天之內，高翔應該引咎辭職，木蘭花、穆秀珍和高翔三人，不得再在本市居住。」

並且寫著：「如果不遵守這個條件，那麼，本市將繼續出現駭人聽聞的變故，一切後果，概由木蘭花、高翔、穆秀珍三人負責！」

穆秀珍氣得大罵起來道：「放他媽的狗屁！」

高翔氣得不住冷笑，道：「好，真夠手段！這種條件一在報上刊出來，就有不少人會認為犧牲我們，算不得什麼！」

穆秀珍道：「誰也不能干涉我的居住自由！」

木蘭花沉靜地道：「能的，秀珍，如果再有幾件同樣的事發生，市議會會對政府下壓力，就有可能宣布我們三人不能再在本市居留！」

穆秀珍呆了，高翔也呆住了，他們實在未曾想到，事情會如此糟糕！

辦公室中靜了下來，過了好一會，穆秀珍才道：「會有這樣的情形麼？」

木蘭花道：「會的，如果再有什麼重大的事情發生，例如重要人物被綁架——」

木蘭花才講到這裡，辦公室的門突然打開，方局長和一個中年人一起衝了進來，他們都認得，跟在方局長身後的那人是市長，是本市的最高行政官。

方局長神色蒼白，喘著氣道：「市長的千金，一小時前被綁架了！」

在方局長講了那句話之後，剎那之間，辦公室之中靜得出奇，除了市長的喘息聲之外，根本沒有別的聲音。

這位負責治理這樣龐大城市的行政長官，這時臉色蒼白如紙，但是他的神情看來卻十分鎮定。

所有的人之中，他最先開口，道：「各位，雖然是我的女兒出了事，但各位不必特別緊張，只當是一件普通的綁架案好了！」

市長的這種態度，的確是叫人欽佩，木蘭花緩緩地道：「整件案子是不是能成功破案，市長，你剛才的那兩句話，起了決定性的作用！」

市長苦笑了起來，高翔這時也恢復了鎮定，道：「那是什麼時候發生的事？」

市長道：「十五分鐘之前，我正在主持一個會議，一個電話通知我說，我女兒給綁架了，打電話的人，自稱就是九金剛！」

穆秀珍道：「他們可能是虛言恐嚇！」

市長苦笑著道：「不，他們讓我和貝娜講了幾句話，貝娜是我的女兒。」

高翔、木蘭花和穆秀珍三人這時的心情，是十分苦澀的，木蘭花剛在講，九金剛可能會對重要人物下手，想不到事情立時就發生了，而且，被害者是市長的女兒，這毫無疑問，又是一樁聳人聽聞的大新聞！

方局長的神情很焦急，道：「事情可有了什麼頭緒沒有？」

木蘭花搖頭道：「沒有——」

她在講了那兩個字之後，略頓了一頓，又道：「我們一定盡力而為，因為安妮也在他們手中！」

方局長望了望市長，道：「我看，如果我們暫時沒有把握破案的話，那應該先問他們……我的意思是，暫時接受他們的條件！」

木蘭花、高翔和穆秀珍全不出聲。他們當然不會甘心接受九金剛的條件，因為如果接受了對方的條件，那對他們三個人來說，就是畢生難以洗刷的羞恥。

但是，他們卻也並不怪方局長會有那樣的提議，因為在事實上，他們對於「九金剛」一連串的罪案，的確一點頭緒都沒有，而安妮和市長的女兒貝娜在他們的手中，危險性自然是存在的！

辦公室中又靜了下來，這實在是一種極其難堪的沉默，方局長雖然那樣說了，但是他的心中也絕不好過，是以他望著三人，現出希求諒解的神色來。

穆秀珍的神色很憤然，她想要開口，大聲拒絕方局長的提議，可是木蘭花卻向她使了一個眼色，示意她不要說話。

也就在這時，市長卻以極其堅決的語氣道：「方局長，我反對你的話！」

方局長道：「可是——」

市長的語氣更堅決了，他道：「剛才我已經說過，把貝娜的事當作普通案件處理！」

方局長道：「可是對方一定會將這件事通知報界，這樣明目張膽的犯罪，對於本市的治安而言，將起一種極其惡劣的影響！」

市長道：「自然，可是事情已經發生了，就只有加倍努力，期待破案，如果接受了歹徒的條件，那麼後果就更加惡劣，歹徒還有所忌憚麼？」

方局長不住地苦笑著，作為治安機關的最高負責人，在那樣的情形下，實是為難到了極點！

木蘭花直到這時才開口，她道：「方局長，對方的期限是三天，我們盡力設法，在三天之內將這九個犯罪分子的計劃粉碎——」

她講到這裡，略頓了一頓，又道：「如果三天之後，情形仍然沒有改變，那我們就不能不承認失敗，只好接受對方的條件了。」

木蘭花話一說完，穆秀珍和高翔都向她望著，在這時候，高翔和穆秀珍兩人的臉上，都泛起了苦笑！

三天的期限很短，在這三天內，有什麼辦法，從毫無頭緒的情形下，一變而為將這九個不法分子一網打盡呢？

當然，他們兩人都沒有將這個問題問出口來。

事實上，就算他們問了出來，也是得不到答案的，因為木蘭花自己，心中也絕無答案！

木蘭花的神色很鎮定，她向市長問道：「你可知道，貝娜小姐在出事的時候，最可能的地點在什麼地方？」

市長道：「當然是在上學途中，她在念大學二年級，這正是她上課的時間。」

木蘭花皺起了眉，辦公室中又靜了下來，在靜寂之中，人人都在想著同一個問題：怎麼辦？真的，怎麼辦呢？

安妮在醒了過來之後，發現她的身子在搖擺著，她是躺在一張狹長的床上。

安妮一有了知覺，就記起了自己昏迷過去之前的事，是以，當她一覺出身子在搖擺著的時候，她還以為自己仍未完全擺脫麻醉藥的影響。

可是接著，她便發現，她處身的空間，是一個小小的船艙，而且，並不是她的身子在搖擺，而是整個船艙都在搖動著。

同時，安妮也可以聽到，有海水拍在船身上的聲音傳了過來。

安妮一翻身坐了起來，她第一件所想到的事就是：自己已落在歹徒的手中了，而這時，自己正在一艘船上！

她走到門前，拉了拉門，門鎖著，她又來到了窗口，拉開了窗簾，可是在圓形的小窗子外，另有一層厚厚的黑布蒙著。

安妮拿起了一張小木凳，就向玻璃上擊去，她用的力道已經相當大了，可是當凳子擊了出去之後，窗玻璃上卻連一點裂痕也沒有出現。

安妮呆了一呆，突然聽得身後傳來了「哈哈」的笑聲道：「安妮小姐，別白費氣力了，這是鋼化玻璃，子彈也射不穿它的！」

安妮陡地轉過身來，憤然地拋下了凳子。

這時候，她也發現，在艙房的一角，有一根電視攝像管正對準著她！那也就是說，她在艙房中的一舉一動，對方都可以通過電視傳真，看得清清楚楚！

安妮對著電視攝像管冷笑道：「你們以為這樣，就可以叫蘭花姐屈服，那是在做夢！」

電視攝像管之旁的擴音器，又傳出了那男人的聲音，道：「只是你一個人，我們或者還難以達到目的，可是你另有同伴，那就不同了！」

安妮呆了一呆，對方那樣說法是什麼意思，實在是很明白的了！那是說，他們不單是綁架她一個人，還要綁架別的人！而那個人，是足可以令木蘭花屈服的，安妮聽不明白的是：另一個是什麼人？

安妮憤然轉過身去，就在這時，她聽到門上傳來了「卡」地一聲響，安妮立時閃身到了門邊，背貼著門站著。

可是她才一站定，又聽得那男人的聲音自擴音器中傳了出來，道：「那是沒有用的，安妮小姐，你根本沒有任何反抗的機會！」

那男人的聲音才一消失，門已推了開來，門打開了一呎許，安妮根本沒有機會看清門外的情形，她只看到，一個少女在門外被人疾推了進來，那少女向地上直跌了下來。

安妮忙踏前一步，將那少女扶了起來，那少女分明昏迷不醒，而當安妮想看看門外是什麼人在行事之際，門已「砰」地一聲關上了！

安妮移動著那少女的身子，將她放在床上。

這時，那男人的聲音又傳了過來，道：「在她的身上，有一副注射器，你替她注射，在一分鐘之內，她就會醒過來，那時就可知道你的同伴是什麼人！」

安妮已經注意到，那昏迷不醒的少女，看來和她的年紀差不多，很明媚、爽朗，只不過在麻醉藥的作用下，臉色蒼白得可怕。

安妮立時在那少女的口袋中找到了注射器，她替那少女注射了一針，不到半分鐘，那少女的眼皮已經開始顫動。

不一會，少女已睜開了一雙眼，以一股迷惘而憤怒的神情望著安妮，站起身子來，道：「我在什麼地方，你為什麼要拘留我？」

安妮道：「你弄錯了，我和你一樣，也是被他們非法綁架來的，我想我們現在是在一艘船上。」

那少女半信半疑，道：「你是什麼人？」

安妮道：「我叫安妮，你知道木蘭花嗎？我是她的妹妹。」

那少女現出驚訝的神色來，站直了身子，道：「我叫貝娜。我父親是本市市長！」

安妮陡地吸了一口氣，現在，她知道那男人剛才為什麼要那樣說了！他們竟然將市長的女兒也綁架了！

安妮坐了下來，船艙固然在搖晃著，可是這突如其來的打擊，卻也使她產生昏眩之感。

貝娜睜大了眼睛，望著安妮道：「我聽說過許多有關你們的事跡，你應該有辦法帶我逃出去！」

貝娜的話才一出口，在擴音器中，就傳出了好幾個男人的笑聲來。

在一片雜亂的笑聲中，一個男人道：「貝娜小姐，你太天真了，木蘭花他們現在正走投無路，安妮也不能帶你逃出去，你們唯一離開這裡的希望，就是木蘭花接受條件，向我們投降！」

安妮的聲音之中充滿了憤怒，她道：「你們提出了什麼條件？」

那男人道：「限他們三人，在三天之內，離開本市，永遠不能再回來！」

安妮只覺得氣血上湧，她陡地大叫了起來，道：「你們在做夢！」

她一面叫著，一面衝向前，身子一躍而起，站在一張凳子上，回頭道：「拿一樣東西給我。」

貝娜呆了一呆，道：「拿什麼給你？」

安妮道：「什麼都好，只要是硬的東西！」

貝娜四面看看，拿起一隻水晶玻璃的花瓶遞給了安妮，安妮拿了花瓶，向著電視攝像管用力地砸著。

擴音器中幾個男人的笑聲全停止了，其中一個怒喝道：「這樣做對你沒有好處！」

安妮大聲道：「給你們製造些麻煩，就是對我有好處！告訴你，我身上有隱藏的無線電波示蹤儀，蘭花姐快要找到你們的巢穴來了！」

安妮一面叫著，一面將電視攝像管的鏡頭砸成了粉碎，才跳了下來。

擴音器中登時靜了下來，安妮知道，那是自己剛才的一句話起了作用。

當然，她剛才的那句話，只是故意如此說的，如果她身上真有示蹤儀，那就好了！

當她跳下來之後，貝娜忙來到了她身邊，低聲問道：「真的？」

安妮搖了搖頭，以極低的聲音道：「假的，這只是使他們發生恐慌，只要他們有人進來，我們就有辦法可想了！」

貝娜究竟年輕，而且，在她市長千金的生活之中，只怕從來也未曾經歷過如此新奇的刺激，是以她非但不覺得驚惶，反倒有點高興的樣子。

她又低聲問道：「照你看來，他們會怎樣對付我們？」

安妮和木蘭花、穆秀珍、高翔一起生活的時候，她只是個小妹妹，這樣的話，只有她來問別人的，現在忽然有人以這樣的話來問她，那使她覺得自己在登時之間長大了許多。

她學著木蘭花的樣子，皺起眉，略想了一想，道：「他們現在一定在研究我剛才所說的話是真的還是假的，但是他們無法知道真相，我想，他們之中，一定會有人到這裡來威脅我！」

貝娜用心地聽著，又帶著神秘地問：「他們是誰？是不是特意來本市和木蘭花作對的九金剛？」

安妮道：「當然是他們！」

安妮的這句話才一出口，「砰」地一聲，艙房的門已打了開來，兩個男人，手中持著一柄潛水時用來射魚的魚槍，先走了進來，兩柄魚槍，雪亮銳利的三角形槍尖，對準了安妮和貝娜。

接著，另外一個人走了進來，他站在門口，冷冷地道：「你們看到了，這兩柄魚槍是可以在海中射死十呎以上的鯊魚的，你們兩個人，沒有一個可以經得起魚槍的刺射！」

貝娜的神色蒼白，呆立著不敢動。

安妮冷笑著，道：「你們敢殺人？」

那人的聲音更冷，道：「當我們發現自己有危險的時候，會做任何事的！」

他略停了停道：「將那示蹤儀交出來！」

安妮得意地望了貝娜一眼，接著「哈哈」大笑了起來，道：「虧你們還自認是聰明人，你們上當了！我身上要真有什麼示蹤儀的話，蘭花姐和高翔哥早就來了，還等得到現在麼？」

那男人臉上現出十分憤怒的神情來，厲聲道：「為了懲罰你的謊話，在二十四小時之內，你們不會獲得食物的供應！」

安妮毫不在乎地道：「你嚇不到我，隨你喜歡什麼時候給我食物，就什麼時候給！」

那男人轉身走了出去，兩個持魚槍的男人倒退著，向門口退出去，安妮在這一瞬間，神經真是緊張到了極點！

因為只要那兩個人退出門去，她就沒機會了！

安妮決定不下自己該如何動手，因為那兩個人手中都持著利器，只要他們的手指略一扳動，射出的魚槍，足可以將她的身子射穿！

但是，她卻必須行動，因為這是她的機會！

安妮的手心中，不由自主沁出了冷汗來。

兩個人中的一個，已經退出門了，另一個，也已經到了門口，安妮陡地大叫了一聲，一腳踢起了身邊的那張小椅來，向那人飛了過去！

同時，她叫出的是：「貝娜，快伏下！」

貝娜的反應相當快，安妮才一叫出口，她就疾伏了下來，而就在這時，「啪」地一聲響，飛向那人的木凳子，已被那人手中射出的魚槍將之穿透！

如果這時，安妮所在的是一間普通的房間，那麼，她不但毫無機會，而且一定要受傷了，因為一個人的魚槍射出，射中了凳子，另一個人可以再發射魚槍，將之射中的，但是，這時卻是在船上！

船艙的門大多數十分窄，只能容一個人通過，這個船艙也不例外。所以，當一個人站在門口發射了魚槍之後，另一個人便無法向艙內發射魚槍，因為那人阻在門口！

那人在倉皇之間射出了一柄魚槍，而在魚槍射中了凳子之後，他也立即知道事情對自己不利了，是以他立時向後退去。

可是他的動作快，安妮的動作更快！

幾乎在那張凳子還未曾落地之際，安妮就像一頭豹子一樣地撲了過去！

那人一見安妮撲了過來，提起手中的魚槍打橫就掃，安妮反手一抓，抓住了魚槍，身子半轉，手背一扭，那人陡地發出了一聲怪叫，整個身子都被扭了過來，安妮再一探手，抓住了他的手腕，拉著那人向後就退，再飛腳踢出，將門踢上。

安妮這一連串的動作，快得無以復加，在門外的兩個人，一個手中雖然持著魚槍，可是根本沒有機會發射，等到另一個人轉回身想奔過來時，安妮已經俘虜了那人，拉進船艙中來了。

貝娜也在這時走了過來，將門拴上，門外傳來呼喝聲、撞門聲。

安妮仍然扭住了那人的手背，安妮的武技，是木蘭花親自調教的，被她扭住了手臂的那人，雖然是身高將近六呎的大漢，可是這時也痛得汗珠滲出，連掙扎的能力都沒有。

安妮愉快地叫著，道：「將魚槍拿下來！」

貝娜在地上拾起魚槍，用力捧著，那張木凳子齊中裂開，安妮接過了魚槍來，將魚槍銳利的尖端，對準在那人頸際的大動脈上。

也就在這時，門鎖被撞毀，門也打了開來。

6 疑中疑

安妮很鎮定，因為這時，她雖然還在敵人的巢穴之中，但是情形卻已和剛才大不相同了，她已經俘虜了對方的一個人。

門一打開，在門外出現的，一共有四個人，兩個是安妮見過的，還有兩個未曾見過，安妮冷冷地道：「你們別亂動，如果我割破他的大動脈，九金剛就變成八金剛了！」

站在最近的一個，是看來很溫文爾雅的一個中年人，他笑了一笑，道：「安妮小姐，我們不必相互恐嚇，你絕不會殺人！」

安妮冷笑了一下，道：「是你們自己講的，人到了發現自己有危險的時候，會做任何事情的！」

那中年人仍然笑著，道：「安妮小姐，我們很佩服你的身手，但是你這樣做，絕對沒有用處！」

安妮道：「你立即就可以知道有沒有用了。」

她一面說，一面向貝娜使了一個眼色，貝娜立時來到了安妮的身後，安妮一手扭著那人的手臂，一手仍然握著魚槍，推著那人，向門外走去。

在船艙之外，是一條狹窄的走廊，只可以容一個人通過，安妮推著那人走出一步，在走廊中的四個人就逼得後退一步。

安妮一連走出了六七步，那四個人也連退了六七步，離安妮最近的那中年人臉色一沉，喝道：「停止！」

安妮並不停止，她又推著那人走出了一步，貝娜緊跟在她的身後。

安妮一面向前走，一面冷冷地道：「你們九個人，在設計罪案上或者有天才，但是正面與人為敵，卻差得太遠了。」

那中年人一面向後退，一面又喝道：「站住！」

安妮笑了起來，道：「你有什麼資格叫我站住，你們的人，命在我手中！」

那中年人怒道：「他死了，你們兩人有什麼生存的希望？你們兩人一死，木蘭花也完了！」

安妮心頭怦怦跳著，這時候，她真有點不知道應該怎麼做才好了。

可是，就在那一瞬間，她想起了木蘭花時時說的那句話，木蘭花告訴過她，當面對著敵人的時候，你的心中或者會感到害怕，但是別忘記，敵人的心中，可能比你更害怕！

安妮一想到這裡，挺了挺身子，冷冷地道：「你什麼時候開始為木蘭花的聲譽擔心了？快讓開！」

安妮最後「快讓開」三字，真可以說是聲色俱厲，同時，她手中的魚槍也向下壓了一壓，銳利的槍尖立時劃破了那人頸際的皮膚，鮮血開始滲出來。

更出乎安妮意料之外的是，那人竟像小孩子一樣呻吟起來，叫著：「讓她們走，我們可以再幹別的事來逼木蘭花投降，讓她們走！」

而那中年人的臉上也現出十分慌張的神色來。

在這一瞬間，那些人的弱點完全給安妮看透了！

她知道自己剛才所說的話沒有錯，這些人，全是設計進行罪案的天才，但是他們究竟是業餘的犯罪分子，他們根本沒有應付如此這樣場面的經驗！

安妮剛才還覺得膽怯，但這時，她已覺得自己完全可以控制局面了。

她又推著那人向前走出了兩步，在她面前的三個人，不住地向後退著。

安妮已經快走出那條狹窄的走廊了，她看到了走廊口燦爛的陽光，走廊外就是甲板，雖然安妮囚禁的時間並不長，但是這時看到了陽光，卻使她產生一股特殊的感覺，這種感覺令她更熱切地想得到自由，也更使她的勇氣倍增。

她冷冷地道：「照我的吩咐去做，我想這艘船離岸不會太遠吧！」

在安妮身前的三個人都沒有出聲，被安妮扭住了手臂的那人，盡量側著頭，神色越來越駭然，道：「不遠，不遠，只要有一艘小快艇，你就可以到岸了，快放開我，你們一定可以安然離去的！」

安妮冷笑一雙，道：「你害怕得在發抖！」

那人喘著氣，道：「我們是文明人，而你如今的行為，是野蠻人的行為！」

安妮連聲冷笑，推著那人向前直走，一口氣走出了七八步。來到了甲板上。

那艘船泊在一個靜僻的海灣中，離岸不過八百碼，而且，安妮還認得出，那是風景宜人的大蝦灣！

這時，那三個人已然退到了船首上，貝娜本來一直是跟在安妮後面的，這時膽子也大了起來，她大聲道：「快放一艘快艇下水！」

那三個人猶豫不決，被安妮制住的那人急叫了起來，道：「你們怎麼啦？你們該不會是希望我死吧！」

那中年人大聲道：「你太膽小了，她絕不會下手殺你的！」

那人叫道：「不成，我們講好了，和木蘭花鬥智，不和她鬥力的！」

那中年人還在堅持，道：「李義，你可知道，讓她們回去，我們的計劃就全都失敗了！」

那個被安妮扭住手臂的人，原來叫作李義，安妮已記得了這個名字，她也冷冷地道：「李義，別聽他的，你自己的性命要緊！」

李義盡量側著頭，可是銳利的槍尖一直逼著他，他的聲音在發著顫，道：「快照她們的話辦！」

那中年人仍然站著不動，安妮自然也不想用魚槍去刺死一個人，因為那是一件十分殘忍的事，而且那人是根本不能反抗的。

可是，她知道在這樣的情形下，不加強壓迫是不行的，於是，她手中的槍尖又在李義的頸際劃了一下，劃出了一道一吋長的傷口，大量鮮血湧了出來。

李義尖聲叫了起來，道：「快照她們的話去做，我受傷了！」

那中年人也忍不住了，他叫了起來，道：「快去放快艇，快！」

在那中年人身後的兩個人一起奔了開去，安妮仍然押著李義，一起來到了船弦，看著那兩個人放下了快艇，安妮叫道：「貝娜，你先下去！」

貝娜沿著弦旁的梯，迅速地下去，發動了引擎，安妮將李義用力向前一推，躍身向快艇上跳了下去。

當她跳下去的時候，小艇極力震盪著，但是貝娜已然加快速度，快艇劃破了海面，疾衝了出去。

這時候，在快艇上的貝娜和安妮因為成功地脫離了敵人的掌握，都高興得呼叫了起來！

她們自己在呼叫，快艇的引擎聲音又大，這使得她們一點也聽不到，就在快艇駛出之際，那船上的四個人，連頸際血還未止的李義，都在一起笑著。他們笑得十分高興，然後，一起進了船艙，而那艘船，也立時駛走了！

新聞記者實在忙透了，市長千金被綁架的號外才出版不久，警方的通知又來了！

安妮和市長千金一起自匪窟安然脫險，舉行記者招待會！

記者招待會在警局的大堂中舉行，方局長親自主持，安妮和貝娜自然是攝影機的目標，閃光燈不斷地閃著，方局長滿面笑容。

雖然，那九個歹徒並沒有落網，水警輪根據安妮報告的位置，聯合直升機去搜索，也一點結果都沒有，但是安妮和貝娜都脫險歸來，最頭痛的事已經解決了，方局長的心中當然十分高興。

高翔、穆秀珍和木蘭花，也全出席了記者招待會，安妮在脫險歸來之後，已經向木蘭花等人說過一遍當時的情形，這時，她又在一百多位中外記者之前再說了一次。

在她敘說經過的時候，不斷有記者提出問題來，安妮和貝娜一起回答著記者的問題。

穆秀珍也顯得興高采烈，因為安妮和貝娜脫險回來，這總是他們這一方面覺得光榮的事情。

可是，木蘭花的神態卻有點異乎尋常，她只是坐在一個角落中，一句話也不說，眉心打著結，好像一點也不覺得高興。

首先注意到木蘭花這種神態的是高翔，他來到木蘭花的身邊，低聲道：「蘭花，你在想什麼？」

木蘭花望著正在說話的安妮，道：「我在想，事情絕不會如此簡單！」

高翔略呆了一呆，安妮和貝娜已經逃出來了，這是實實在在的事情，木蘭花卻說事情沒有那麼簡單，高翔自然不明白這是什麼意思。

他在呆了一呆之後，道：「可是她們兩個人已經逃出來了啊！」

他說了那句話之後，略停了一停，又道：「而且，安妮敘述事情的經過，也沒有什麼漏洞，她的確是憑自己的機智勇敢逃出來的。」

木蘭花揚了揚眉，道：「高翔，你忘了一件事，你不想想，對方是幾個什麼樣的人物，他們能夠犯下如此完美、毫無線索可以追尋的罪案，如何會那麼輕易就給安妮逃了出來？而且她還不是一個人，要帶著一個毫無應付危險環境經驗的千金小姐！」

高翔眨著眼道：「照你的說法，好像是他們故意放安妮和貝娜回來的？他們為什麼要那樣做，這不是太不可理解了麼？」

木蘭花嘆了一聲，聲音壓得很低，道：「不可理解的事豈止這一件，那保險箱中的二十顆紅寶石是如何失竊的，你能理解麼？」

高翔搖了搖頭，道：「可是這兩件事不能相提並論，安妮的分析，我認為很有理，他們這九個人，或者很富想像力，能設計天衣無縫的罪案，可是也同樣沒有應付突變的能力！」

木蘭花望定了高翔，好像因為高翔的無知而覺得十分悲哀，她道：「高翔，他們不但設計了天衣無縫的罪案，而且還實際做了這些事，你怎可以說他們無法應付當時的突變情況？」

高翔攤了攤手道：「可是，事實是，安妮和貝娜都逃出來了，他們沒有威脅我們的王牌了！」

木蘭花緩緩地道：「不錯，事實是這樣，這也正是我想不通的問題！」

高翔沒有再說什麼，雖然他知道，木蘭花的心思縝密，遠在他之上，可是在這個問題上，他卻無法同意木蘭花的思考方法。因為，「九金剛」如果是故意將安妮和貝娜放回來的話，他實在想不出，「九金剛」可以因之而得到什麼好處！

安妮已經將她脫險的經過報告完畢，很多記者仍在發問，安妮站了起來，記者仍然在拍照。

就在這時，高翔發現安妮的臉色十分蒼白，安妮的臉色本來就很蒼白，可是這時的蒼白，卻顯得十分異樣。

高翔還未曾來得及提醒木蘭花，只見安妮又坐了下來，伸手在額上抹汗。天氣絕不熱，大廳中的人雖然多，但是也絕不至於熱到叫人出汗的程度。高翔立時向前走去，來到了安妮的身後，安妮抬起頭，向他望來。

當安妮抬頭向他望來之際，高翔更可以肯定，事情有點不對了，因為安妮的臉色難看到了極點，而且，她臉上佈滿了細小的汗珠！

一個人，只有在極度的虛弱之下，才會發生那樣的情形！

而安妮也立時道：「高翔哥，我覺得不舒服，招待會什麼時候結束？」

高翔忙踏前了一步，握著雙手，大聲道：「各位，安妮小姐覺得疲倦，她脫險的經過，各位已經知道了，招待會結束了！」

記者好像意猶未盡，但是高翔已堅決表示請各位記者離去。

安妮又站了起來，當她站起來的時候，她的身子甚至在搖晃著，穆秀珍忙扶住了安妮，大聲道：「安妮，你覺得怎麼樣？」

一些已到了門口的記者，被穆秀珍大聲的話引得回過頭來，又拍了很多照片，安妮的嘴唇動著，已經只能發出十分微弱的聲音來。

木蘭花連忙走了過來，低聲道：「高翔，快去請醫生，別大驚小怪！」

高翔點了點頭，向門口走去，一面道：「各位請回去，全市的市民等著看你們的報導！」

他將所有的記者送出了門口，再轉回身來，安妮已經在昏迷狀態之中了！

貝娜和方局長兩人，在安妮的身前，現出不可解的神色來，木蘭花和穆秀珍扶著安妮，在沙發上半躺了下來。

木蘭花道：「貝娜，你覺得不舒服麼？」

貝娜搖頭道：「沒有——」

可是，她只講了兩個字，便停了下來，接著，便皺起了眉，道：「我好像覺得頭暈……像是很衰弱……」

她一面說著，一面額上已然有汗珠滲出來，那情形，就像是高翔剛才注意到安妮神色蒼白的時候一樣。

木蘭花忙道：「快坐下來，醫生怎麼還不來？」

高翔、穆秀珍和方局長以及其他幾個高級警官，完全手足無措了，因為這是極度意外的事，所有的人之中，只有木蘭花一人還能保持鎮定，因為只有她一個人想到，安妮脫險的事情，絕不會如此簡單！

可是，事情之發生，對木蘭花來說，還是極其突然的，安妮已經昏了過去，貝娜看樣子，也會和安妮一樣，在她們兩人身上究竟發生了什麼事，木蘭花一無所知！

等到醫生喘著氣趕到的時候，貝娜也已經進入了半昏迷狀態，她在昏迷過去之前，只是喃喃地說了一句話，道：「我……好疲倦！」

醫生來到，用一支特殊的燈照著安妮和貝娜的瞳孔，神色極其凝重，道：「立即送醫院！」

穆秀珍急急地道：「她們得了什麼病？」

醫生緩緩地搖著頭，道：「從她們瞳孔擴散的情形看來，她們都處在『休克狀態』之中！」

所有的人聽到了醫生那樣說，都嚇了一大跳！

「休克狀態」是醫學上的一個名詞，也可以翻譯為「假死狀態」，這種狀態，只有一個病人的病極其嚴重，或者是一個受傷者的傷勢極其嚴重時才會發生。

在「休克」狀態之下，人的心臟跳動減慢，在嚴重的情形下，甚至幾乎停止，呼吸減弱，血液循環凝滯，這種情形，絕不會出現在一個健康的人身上！而安妮與貝娜在十五分鐘之前，她們兩人的健康，還是毫無疑問的！

救護人員立時開始工作，以最快的速度，將安妮和貝娜兩人抬上了救護車，送到醫院去。

在木蘭花、高翔和穆秀珍也步下警局大門口的石階，一起到醫院去時，穆秀珍緊張得握住了木蘭花的手，道：「蘭花姐，究竟發生了什麼事？」

穆秀珍的手是冰冷的，她的手冷，當然也不是因為天冷，而是因為緊張加上恐懼！

木蘭花道：「不知道，我現在還不知道，可是，那九個人在偽鈔案之後，他們是逃到南美洲去，而且在那裡住了一個時期的！」

高翔立時接口道：「你是說，他們利用了南美洲的神秘藥物，使安妮和貝娜變成這樣子的？」

木蘭花點了點頭。

他們三人一起登上車子，救護車已經駛走了，高翔一面發動車子，跟著駛向醫院，一面又問道：「可是貝娜是安妮救醒的，照說，沒有機會再接受另外一次注射！」

木蘭花緩緩地道：「你怎麼知道新的藥物不是混在那一次注射之中？」

高翔緊閉著嘴，不再說話。

十分鐘之後，他們到達了醫院，安妮和貝娜已經進了急救室，他們三人剛到急救室的門口，就聽到一位護士問道：「那一位是高主任？」

高翔應了一聲。道：「是我！」

那護士拿著一隻盒子，道：「這是給你的，今天早上，有人送這盒子給高主任，我告訴他，我們醫院中沒有高主任，他說今天高主任定會來的！」

在那護士解釋的時候，高翔已接過那盒子來，木蘭花在一旁問道：「那人長得什麼樣子？」

護士道：「樣子很普通，大約四十來歲，頭髮已經半禿了！」

木蘭花和高翔兩人互望了一眼，高翔不禁發出了苦澀的笑容。

他們有那九個人的詳細資料，從護士所形容的看來，那送盒子來的人顯然是「九金剛」中之一！

而早上，還是安妮才出事的時間，在這時候，他們已經算定了高翔必然會到醫院來，因此可知，一切事情，全是在他們計劃之中的！

高翔急急地撕開盒子外的紙，那是一具袖珍型的錄音機，他們三人一起來到走道盡頭的一張椅子上，坐了下來。

高翔按下了錄音機的掣，將聲音調得相當低，他們聽到的是一個熟悉的男子聲音：

「高主任，當你在醫院中聽到我的聲音時，也就是說，我們的計劃，進行得極其順利和正確，可以比美太空科學家的精確計算，我們知道，你也知道，綁架案中，最困難的一種，是如何收藏那綁架的人，於是，我們決定不收藏，將她們交還給你們！

「安妮和貝娜小姐不是回來了麼？可是，我們提出的條件仍然有效，而你們的時間，只有四十八小時了。如果要問為什麼，那麼，我可以告訴你，就算你不知道，問問木蘭花，以她豐富的知識，她一定知道的，安妮和貝娜兩個人，都接受了一ＣＣ的藥物注射，這種藥物，醫藥界還沒有正式的名稱，但是，南美洲亞馬遜河上游的土人，卻有一個名稱，叫作『科斯他他』，意思是石頭的柱子。好了，請醫院的醫生別多費手腳了，那只有害，而沒有利的。

「最後，要告訴你的是，當你們三人遵守了我們提出的條件之後，另一種藥物立時會送到，我想，我不必說出這種藥物的名字和作用了！」

錄音帶上的話完了，高翔和穆秀珍顯然都不知道那種被南美土人稱之為「科斯他他」的藥物究竟是什麼東西，是以他們一起向木蘭花望來。

他們也立時發現，木蘭花在這時，神色變得極其蒼白和憤怒！

當高翔和穆秀珍向她望來的時候，她霍地站了起來，雙眼之中閃耀著憤怒的火花，那顯出她是處在極度激動的情緒之中！

而木蘭花是極少如此激動的！

穆秀珍忙道：「蘭花姐，那種藥物——」

木蘭花又坐了下來，深深地吸了一口氣，道：「我知道那種藥物，那是由一種植物的根部提煉出來的，土人用來射鳥獸，使野獸昏迷。」

高翔忙道：「一ＣＣ的注射量，會引起什麼效果？」

木蘭花緩緩地道：「能使人處在冬眠狀態達四十八小時，在四十八小時之內得到相應的藥物解毒，可以沒有害，但是超過了四十八小時之後，卻可以使被注射者的神經產生永久性的痲痺！」

穆秀珍幾乎是直跳了起來的，她失聲道：「那就是說，安妮和貝娜——」

穆秀珍說到這裡，已激動得說不下去了。

木蘭花接下去道：「她們兩人就會終生不能移動身體的任何部分，變成癱子！」

穆秀珍緊緊地握著拳，木蘭花也站了起來，道：「我們大約還有四十四小時的時間，四十四小時之後，我們只能離開本市了！」

高翔低著頭，過了好一會才抬起頭來，道：「真厲害，蘭花，到目前為止，我們可以說失敗了，而且失敗得很慘！」

木蘭花點頭道：「是的，失敗了，可是別忘記，還有四十四小時！」

高翔看來卻是已喪失了信心，他喃喃地道：「四十四小時……他們綁了安妮和貝娜，又故意讓她們回來。這樣，在他們來說，可以說是毫無負擔，而我們眼看安妮和貝娜昏迷不醒，卻非接受他們的條件不可了！」

高翔的話說得不錯，如果安妮和貝娜還在敵人的手中，他們三個人，尤其是穆秀珍，根本不會考慮「九金剛」提出的條件。

但是，現在的情形就不同了！

現在，就算絕不向任何力量屈服的穆秀珍。也不能不鄭重考慮到後果，如果在未來的四十四小時之內，事情沒有進展的話，那麼，除了接受對方的條件，離開本市之外，絕沒有第二個辦法！

「九金剛」的挑戰，到了現在這一地步，可以說，已經是最後階段了！

他們三人都沉默著，不再出聲，只見急救室的門打開，安妮和貝娜相繼被推了出來，後面跟著很多醫生，大都緊皺著雙眉。

木蘭花忙走過去。幾個醫生一起站定，木蘭花道：「我們已經知道，病人是被注射了一種南美洲土人慣用的毒藥『科斯他他』。」

一個年老的醫生吃了一驚，道：「那麼，除了得到特殊的解藥之外，至少四十八小時，她們——」

木蘭花點頭道：「是，我們知道情形，我們會盡量設法，現在請各位盡量護理兩個病人，她們一定可以得到解藥的，問題是如何獲得而已！」

高翔和穆秀珍也走了過來，高翔道：「蘭花，如果我立即到南美洲去，怎麼樣？」

木蘭花搖頭道：「製造這種藥物的土人部落，離最近的機場，至少要步行十天，如果一切順利，你要一個月左右才能回來，絕對趕不上的！」

高翔苦笑了起來，木蘭花大踏步向外走去，他們三人一起來到了醫院門口，木蘭花站定了腳步，道：「我們從來沒有這樣狼狽過，是不是？」

高翔苦笑著，道：「我要問一問，水警方面，是不是有進一步的線索？」

木蘭花道：「不必了，他們能叫安妮從船上逃了出來，他們真正的藏匿地點，當然不會在船上，甚至不會在海域。高翔，你去組織一個專案小組，專門調查這九個人在本市居住的社會關係！」

高翔點點頭，穆秀珍道：「我呢？我要做什麼？」

木蘭花顯然是已經胸有成竹，穆秀珍才一問，她就立時回答道：「你去找五風——」

木蘭花才說到這裡，就看到一輛車子，幾乎是直衝進醫院來的，在一下刺耳的急剎車聲之後，車子停下，雲五風急急地自車中奔了出來。

雲五風來到了木蘭花三人面前，急得幾乎一句話也說不出來。

木蘭花忙道：「五風，別急，她不過受了一種特殊的麻醉，四十八小時內不會有危險！」

雲五風總算講出了一句話來，道：「以後呢？」

木蘭花道：「我們已經決定了，如果在未來的四十四小時內，事情沒有進展，那我們就只好承認失敗、投降，他們會送解藥來的。」

雲五風木然站著，抹著汗。

木蘭花道：「五風，我叫秀珍和你一起，出一趟門。」

穆秀珍呆了一呆，道：「到那裡去？」

木蘭花道：「去查一查光輝珠寶公司保險庫的製造商，問問他們，究竟在什麼情形下，才能未到時間而打開保險庫的門。」

穆秀珍急道：「蘭花姐，救人要緊，失去的那幾顆紅寶石，有什麼了不得？」

木蘭花的聲音很嚴肅，道：「萬事都有一個起源，這件事的起因，就是光輝珠寶公司的失竊案，如果不從頭做起，結果只有失敗。你要駕軍方的飛機送雲五風去，一有結果，立時通知我，快去進行！」

穆秀珍還想說什麼，可是雲五風已經拉著她，奔向車子，兩人進了車內，立時駛走了。

高翔道：「蘭花，早已有專家證明過，未到時間，門是不可能打開的！」

木蘭花道：「我要得到更進一步的證明。」

高翔很想說「就算證明了又有什麼用」，但是他嘴唇動了動，卻沒有說出來。

高翔和木蘭花一起離開了醫院，但是在一個十字路口，木蘭花先下了車。高翔回到警局，照著木蘭花的吩咐去進行調查。

在高翔的車子駛走之後，木蘭花在十字路口站了好幾分鐘。

在那幾分鐘的時間，她只是站著發呆。

街上的行人很多，每當綠燈亮起，人就像水一樣地流過馬路，在一個有著幾百萬人口的大都市中，這本來是很平常的現象，人人都習慣了人和人之間的擠迫，誰也不會去加以特別的注意。

可是這時候，木蘭花的心情卻不同，她知道，在本市，有九個人正在公開渺視法律，在和她作對！

而這幾個人，就隱藏在幾百萬人之中，其中有一個可能就在她的面前走過，而直到現在為止，她對這九個人，卻一點辦法也沒有！

木蘭花在呆立了幾分鐘之後，隨著人潮向前走著，一直來到了一個公園之中。

公園裡很靜，有幾個婦人坐在長椅上結絨線，她們的兒女就在草地上遊戲。

木蘭花也在一張長椅上坐了下來，她絕不是在這樣的情形下，還有情趣來享受這份恬靜，她只不過是要找一個地方，好好地想一想。

她必須好好地想一下，因為她可以利用來反擊「九金剛」的時間，只不過是四十四小時，每過去一分鐘，就少了一分反擊的機會。

她一定要將整件事理出一個頭緒來，因為整件事擺在她的面前，猶如是一大團亂絲，如果不理出一個頭緒來，那就永遠沒有解決的機會。

木蘭花閉上了眼睛，陽光照在她的身上，有暖洋洋的感覺，她從事情最早開始想起。

首先，是他們三個人的脅下發現了那份荒謬的合同，接著，便是一連串的罪案發生。

那分合同，對方自然也知道，是絕不可能正式簽訂的，那只不過是另一種方式的宣布，宣布他們九個人已經回到了本市，要和木蘭花作對！

木蘭花於是又想到了光輝珠寶店的劫案。

這件案子，是一連串事件中的第一件，而且，這件案子中的一個疑點，木蘭花至今還未曾弄明白，那便是：他們是用什麼法子取走了保險庫中的紅寶石？

歹徒曾經通過佈滿電眼警衛的走廊，這一點是可以肯定的了，要不然，保險庫的門上，就不會有那兩行字留下來。

要通過那條走廊，並不是一件很困難的事。木蘭花曾在事後用心觀察過那條走廊，她認為至少有三個辦法可以逃過電眼的偵察，而來到保險庫大門之前。

然而，要弄開時間控制的大門。卻不是那麼簡單了，或者說，那是不可能的。

事實上，根據本市許多專家的意見，他們都肯定了那是不可能的事，有的專家甚至斷定，根本沒有人弄開過保險庫的門！

這可以說是疑點中的疑點，在這件事後，一連串又發生了許多事，都是令木蘭花心力交瘁的，那使得木蘭花甚至沒有時間去解釋這第一個疑點。

但是現在，事情發展到了安妮和市長的女兒被注射了特種藥物，發展到了對方提出來的條件，只有四十多小時的最後期限，木蘭花知道，對方已在勝利的邊緣，一定不會有什麼新的行動了。

因為在如今的情形下，對方再有什麼新行動的話，那只是畫蛇添足的事！這樣，反倒能使木蘭花好好想一想了！

木蘭花一直在努力想解釋這第一個疑點，她認為，那是一個極重要的關鍵，所以，她才一定要有更確切的證據，證明那門是不能被打開的。門如果是無法打開的，而保險庫內，卻又確然失去了東西，那麼，「九金剛」一定是使用了別的方法。

木蘭花心中已經有了一個概念，只不過她這個概念，還需要等待雲五風的報告。

木蘭花閉著眼睛在想著，忽然間，她覺得有什麼東西落到了自己的身上。

木蘭花睜開眼來，落在她身上的，是一隻紙摺成的飛機，一個胖胖可愛的小女孩，正在向她奔過來。

木蘭花拿起飛機，向那小女孩招著手，然後將飛機飛了過去，小女孩拾起飛機又奔遠了。

木蘭花緩緩地吸了一口氣，站了起來。

7 情勢扭轉

半小時後，木蘭花推開一扇玻璃門，走進了光輝珠寶公司的店堂。

珠寶公司的顧客並不多，木蘭花才進去，恰好董事長送一個客人出來，一見木蘭花就道：「蘭花小姐，可是有好消息？」

木蘭花搖了搖頭。

董事長送走了客人，轉回來道：「那怎麼辦？真要沒有法子的話，我只好同意保險公司的意見，出錢將它們買回來了！」

木蘭花像是沒有聽到董事長的話一樣，她只是道：「你沒有為你的保險庫再多加一重防守？事實已經證明，你的保險庫是完全不可靠的！」

董事長神態悻然，道：「不必你來關心，事實上，除了九金剛之外，誰也不能動我保險庫裡的東西，而他們來過一次，不會再來了！」

木蘭花的語調仍然很緩慢，道：「我想請問，每天晚上，按正常時間關上保險庫的門，那是由誰來擔任的工作？」

董事長「哼」地一聲，從他的神態看來，顯然是他覺得木蘭花到現在才來問這個問題，實在太遲了。

事實上，木蘭花自己也覺得太遲了！

不過，木蘭花心目中的「太遲」，和董事長心中所想的「太遲」，是不相同的，董事長在想，紅寶石已經不見了，再來問這些還有什麼用！而木蘭花所想的則是：在竊案一發生之後，就該循普通偵查的方式進行，而不該被那張合同上提到的事情所迷惑！

木蘭花望著董事長，等待著他的答覆。

董事長在「哼」了一聲之後，道：「由我和我的兩個侄子！」

木蘭花知道，董事長的兩個侄子，在珠寶公司負責十分重要的業務。

木蘭花又問道：「三個人一起？」

董事長好像有點不耐煩，道：「不，輪流進行，也不一定，誰有空，就誰來做。」

木蘭花再問道：「事發之前的一晚，門是由什麼人鎖上的？」

董事長現出極度不耐煩的神態來，冷冷地道：「你不去捉那九個強盜，來盤問我是什麼意思？」

木蘭花的神情變得十分嚴肅，她望著董事長，好一會不說話。

木蘭花望了董事長好一會，才道：「你必須回答我的問題，這正是偵查歹徒的線索！」

董事長道：「我也不能回答你，我要查公司的工作記錄簿。」

木蘭花道：「那就請你去查！」

董事長轉身走進他的辦公室，木蘭花跟了進去，董事長吩咐秘書取記錄簿來，記錄簿上登記著，那天晚上，最後離開保險庫的，是董事長的兩個侄子之一，總經理胡成德。

董事長的神態更不以為然，說道：「他是我的侄子，你不會以為他有嫌疑吧！」

木蘭花略笑了一下，道：「當然不會，但是，當天晚上，是他鎖上保險庫的門的，那麼，他可以說是最後見到那二十顆紅寶石的人了，是不是？」

董事長略想了一想，道：「可以說是的，因為在鎖上保險庫前，照例是要檢查一下保險庫中的貴重物件的，他自然見過那些紅寶石。」

木蘭花道：「真對不起，我想見一見他，問問他這個問題，聽他親自答覆！」

董事長的耐心雖然已到了極限了，可是木蘭花的神態卻十分堅決，她立時又道：「請你叫他進來，這個問題很重要！」

董事長「哼」了一聲，老大不願意地按下對講機的掣，道：「成德，你到我辦公室來一下！」

董事長放開手，有點故意不望木蘭花，將旋轉椅子半轉了過去。

不一會，有人叩門，胡成德走了進來，胡成德才一進來，看到了木蘭花，就呆了一呆，道：「原來木蘭花小姐也在！」

董事長用充滿諷刺的語調，道：「大名鼎鼎的木蘭花小姐是來查案的，失竊前那夜，保險庫是你上鎖的，是不是？」

胡成德道：「是，我可以說，一點毛病也沒有，在門鎖上之後，我曾循例作過檢查！」

木蘭花並不理會董事長的諷刺，因為她自己知道，她這時正在進行的事，對整件案子而言，一定是有著極其重大的作用的。

她直視著胡成德，足足有半分鐘不出聲。

胡成德的神色，很有點不自在，道：「蘭花小姐有什麼問題？」

木蘭花這才緩緩地道：「胡先生，你在上鎖之前，曾見過那批紅寶石？」

胡成德略怔了一怔，雖然以木蘭花精細的觀察力而論，也難以肯定他這時忽然怔了一怔，究竟是在想些什麼，胡成德也立時說道：「是的，照例，在鎖上保險庫之前，要檢查一下庫中特別貴重的珠寶！」

木蘭花呆了半晌，才道：「好了，謝謝你，我要告辭了！」

薰事長冷冷地道：「不送了，要是有什麼線索，請努力進行，我們店號小，實在吃不消了！」

木蘭花並不理會董事長的譏諷，當她走出店的時候，她心中在想著：事情應該已經有了眉目了，只要雲四風和穆秀珍有肯定的答覆來，那麼，她就可以循另一個途徑，去追尋事實的真相了。

木蘭花回到了家中，當她在自己的客廳中坐下來之後，她突然感到極度的疲倦，那種疲倦的感覺，簡直是從她內心之中直透出來的。

木蘭花一生之中，不知多少次和邪惡的勢力作過鬥爭，可是從來也沒有一次，像現在這樣，現在，這九個神出鬼沒的犯罪分子，處處棋高一著，像是非將她逼得走投無路不可！

木蘭花當然不會像穆秀珍那樣大罵出口，但是她內心的憤慨，也是前所未有的，這種憤慨的情緒，甚至影響了她正常的思考！

她想起躺在醫院中的貝娜和安妮，想起直到如今，對方可以說佔盡了上風，而儘管自己一再努力，可是事情卻一點也沒有進展，那股疲倦之感直襲了上來。

木蘭花站了起來，來到了浴室，用冷水淋著頭，然後，抹了臉，站在陽臺上，讓清涼的風吹拂著。

就在這時，電話鈴聲響了起來。

木蘭花望了電話片刻，她幾乎可以肯定，電話又是那幾個人打來的，她實在不想聽，但是，她還是拿起了電話來，道：「木蘭花！」

正在木蘭花意料之中，電話一拿起，木蘭花就聽到了那個熟悉的聲音。

那聲音先是「嘿嘿」地笑著，道：「蘭花小姐，你們沒有多少時間了，好像已經有人離開了本市，你為什麼還在拖延時間？」

木蘭花並不理會對方說些什麼，她只是沉聲道：「你們要知道，只有成分最純正的『科斯他他』，才能保證被麻醉的人不受傷害！」

那邊的聲音「哈哈」笑了起來，道：「你放心，我們既然用了這種東西，當然知道它的性質，喂，你究竟什麼時候離開本市？」

木蘭花道：「我會離開的，如果我在這段時間內找不到你們，或找不到解藥，但是，你們既然知道我的個性，就該明白，不到最後一分鐘，我是絕不會放棄的。」

那聲音得意地笑著，道：「隨便你，蘭花小姐，不過，你是非走不可的了，再見！」

電話傳來「啪」地一聲響，木蘭花也緩緩地放下了電話，不到半分鐘，電話鈴又響了起來，木蘭花再拿起電話，聽到的是值日警官的聲音。

值日警官說道：「蘭花小姐，電話是從繁盛的商業區打來的，還未曾追查到確切的地址，就掛斷了！」

木蘭花勉強笑了一下，道：「取消值日工作，他們不會叫人查到電話來源的。」

值日警官答應了一聲，木蘭花在床上躺了下來，雖然她知道自己可供利用的時間已經不多了，但是她必須休息，以保持充足的體力。

她不知道接下來的時間中會發生什麼事，但是她知道，除非什麼事也不發生，不然，一定是她一生之中最驚心動魄的鬥爭，她是絕不可能在疲倦的狀態下取得戰爭的勝利的。

木蘭花睡著了，為了要得到充分的休息，她略微使用了自我催眠的辦法，是以，當電話鈴聲將她驚醒的時候，她精神特別暢旺。

她拿起電話來，就聽到接線生的聲音，道：「長途電話，找木蘭花小姐。」

木蘭花忙道：「我就是！」

那是穆秀珍有消息來了，木蘭花像是就要投入戰場的戰士一樣，顯得精神抖擻。

她立時又聽到了穆秀珍的聲音，穆秀珍急急地道：「蘭花姐，我們已和保險庫製造商談過，他們保證，絕無中途打開的可能——除非是用強烈的炸藥，將整座保險庫炸去！」

木蘭花又問了一句，道：「絕無可能？」

穆秀珍的回答，斬釘截鐵的道：「絕無可能！」

木蘭花道：「好了，你們立即飛回來！」

穆秀珍又問道：「蘭花姐，你為什麼特地要我們來調查這一點？」

木蘭花道：「在電話中說不明白，你們快回來，我想事情有進展了！」

木蘭花放下了電話，看了看鐘，她已睡了六小時。那也就是說，可供她活動的時間，只有三十四個小時了！

穆秀珍在電話裡問她，為什麼要確知那保險庫的門是弄不開來的，她並沒有回答，但是她自己的心中，是十分清楚的。

她已經可以肯定，那是整件事情中，極其重要的一個關鍵了！

她已再度到珠寶公司去過，知道在那批紅寶石失竊之前，胡成德在鎖上保險庫門的時候，紅寶石還在保險庫中的。

而保險庫門又絕不能在中途打開，在這兩個絕對可靠的條件之下，再要去作推理，就十分簡單了，那就像數學上，Ａ大於Ｂ，Ｂ又大於Ｃ，那麼，Ａ一定大於Ｃ一樣簡單。

第一個結論：胡成德在說謊，他在鎖門前的例行檢查時，紅寶石已經不在了！

第二個結論：胡成德拿走了那批紅寶石。

雖然結論有兩個，但是事實上，只有一個結論是可以成立的。

那也正像是數學上的二次方程式，方程式的根，可能有兩個，但是有一個真數的根，是不適用，不必考慮的。這個不必考慮的結論，就是結論之一，因為胡成德當時如果發現那批紅寶石已然不在的話，他沒有理由不聲張出來的。

那麼，剩下來的就是結論之二：那批紅寶石是胡成德偷走的。

胡成德監守自盜，偷他叔叔的東西，在千奇百怪的大城市中，可以說絕不出奇，出奇的便是，何以東西是胡成德拿走的，當晚，「九金剛」就來行事？

「九金剛」根本沒有進入保險庫，他們只不過通過了那條走廊，但是，他們卻造成了一種強烈的錯覺，他們曾進過保險庫！

從這兩點伸展開去，又可以得到一個簡單的結論，這個結論，更像是二加二等於四一樣地簡單：胡成德和九金剛是有聯繫的！

木蘭花在五分鐘後就出了門，當天色黑下來的時候，她已經在光輝珠寶公司的大門外了！

木蘭花本來是立時可以出門的，她之所以遲了五分鐘，是因為她花了五分鐘的時間，使她的容貌作了徹底的改變。

這時，她看來是一個中年男人，衣飾很華麗，像是商業上成功的人物，她的車子，也不是從家中駕出來的那一輛，而是她在路邊用百合匙「偷」來的。

木蘭花在光輝珠寶公司外等了二十分鐘，她先看到董事長的另一個侄子離開公司，過了沒多久，胡成德也走了出來。

胡成德轉進了一條橫街，木蘭花發動車子，緩緩地駛到橫街口，她看到胡成德上了停在橫街中的一輛車子，不多久，木蘭花的車子也駛過了橫巷，跟著胡成德的車子向前駛去。

天色完全黑了，五光十色的霓虹燈閃耀著，木蘭花已經詳細研究過胡成德的資料，是以在跟出了三條街之後，木蘭花已然可以知道，胡成德在歸家途中。

她知道胡成德單身，獨自居住在一幢相當高級的社區的一個居住單位。

木蘭花繼續跟蹤著，十分鐘後，到達了那幢大廈，胡成德的車子駛進了車房。

但是木蘭花卻在大廈門口停了車，先胡成德一步來到了大堂。

木蘭花等在電梯門口，幾分鐘後，胡成德來了，在電梯門口，他就站在木蘭花的身邊。

他顯然認不出，站在他身邊的那個中年人，就是大名鼎鼎的女黑俠木蘭花。

他好像很焦急，取出了鑰匙來，在手中轉動著，又頻頻無意識地去按電梯的掣。

等到電梯門打開，木蘭花和他一起進入電梯，木蘭花早知道他是住在十樓的，是以又先他一步按了「十」字掣，胡成德向木蘭花望了一眼，好像有點奇怪，但是卻沒有在意。

木蘭花的臉上戴著極薄的軟膠面具，那使她很容易就可以做出一副冷漠的神情來。

電梯到了十樓，胡成德走出電梯，木蘭花也跟了出來。

就在這時候，胡成德忽然道：「你們要小心，木蘭花今天查過我！」

胡成德忽然之間說了那樣一句話，那是全然出乎木蘭花意料之外的。

木蘭花本來是打算，在胡成德開門進屋子的時候，出其不意地跟著進去，逼他承認，是他自己偷走了那二十顆紅寶石，再逼問他和「九金剛」的關係的，可是現在，胡成德忽然說了這樣一句話。

換了別人，可能一時之間莫名其妙，不知道如何應付才好，但是木蘭花的反應之快，確然異乎常人，她立即知道是怎麼一回事了！

她知道，胡成德的確曾經和「九金剛」合作過，而這時，胡成德是錯將她認為是「九金剛」之一了呢！

木蘭花吸了一口氣，既然狀況出現了這樣的變化，她自然要用不同的方式來應付，是以她粗聲「哼」了一聲，道：「怕什麼？」

胡成德在說話的時候，並沒有轉過頭來，而且還一直在向前走著。

直到了木蘭花搭了腔，他才轉過頭來，道：「要是警方知道了——」木蘭花又沉聲道：「警方不會懷疑你的，誰都知道，那是九金剛幹的事！」

胡成德緊張的神情緩和了些，他自己來到了門口，將鑰匙插進了鎖孔之內，打開了門，木蘭花立時和他一起走了進去。

才一踏進門，胡成德和木蘭花兩人都呆了一呆，但是，木蘭花的驚奇程度，遠在胡成德之上！

胡成德的居住單位，有一個相當寬敞、布置得也很華麗的客廳，木蘭花才一踏進門，就看到北歐式的皮沙發上，坐著兩個人！

不但是胡成德和木蘭花兩個人驚奇，那坐在沙發上的兩個人，也立時站了起來，在他們的臉上，一樣現出驚訝的神情來。

對目前在客廳中的四個人而言，這種突如其來的情形，都是事先未曾料到的！

在這樣的情形下，誰最機敏，誰對突變的情形反應最快，誰就佔了便宜了，而這四個人中，反應最快的，毫無疑問的是木蘭花！

當那兩個人從沙發上站起來，用疑惑的神情望著木蘭花的時候，他們在想：這個人，可能是胡成德的朋友！

胡成德則在想：事情很嚴重了，不然，為什麼兩個人早進了屋裡，還有一個人要跟我一起進來？

而木蘭花則立即料到：這兩個人，一定是「九金剛」中的兩個，他們是來找胡成德的！

在那一瞬間，胡成德首先開口，他只說了「你們」兩個字，木蘭花已經開始行動了！

木蘭花的動作，迅捷得像豹一樣，她陡地向前，在向前撲出之際，一腳踢出，先將胡成德踢得向旁直跌了出去，然後，她已落在那兩個人的面前。

那兩個人應變的速度也算是十分快，尤其是左邊的那一個，立時轉過了身子去，可是木蘭花的一下「手刀」，已然直揮中了那人的脅下！

那人發出了一下驚呼聲，身子向旁直跌了出去，木蘭花身子再躍起，落下，右肘重重撞在另一人的頭部，那人立時昏了過去。

木蘭花迅速轉過身來，趕前一步，那被她以空手道重手法擊中的人，正在地上掙扎著，木蘭花已經趕了過去，一腳踢在他的頭部，那人發出了一下極其難聽的呻吟聲，也昏了過去。

木蘭花並不是一個暴力主義者，她在對付敵人的行動中，也很少出手如此之重的，但這時，她已經可以肯定，那兩個人，必然是「九金剛」中的兩個，絕不能讓他們逃走，是以她下手絕不容情，以免節外生枝。

她又轉回身來，只聽得胡成德用驚駭欲絕的聲音問道：「你……你是誰？」

木蘭花本來是準備直向胡成德衝過去的，但是她一定神間，看到胡成德的手中握著一柄手槍，她也不禁呆了一呆。

胡成德的聲音發著顫，神情是驚駭欲絕的，他握著槍的手也在發抖，可知他的心中，實是恐懼到了極點，但是，無論如何，他手中卻握著一柄槍！

木蘭花站定不動，伸手拉下了臉上的軟膠面具來。

胡成德立時發出了一下近乎絕望的叫聲來，道：「你是木蘭花！」

他一面叫，一面雙手舉起了槍，他的手指煞白，緊緊地扣著槍機，看來，他已經因為極度的驚駭，而精神狀態變得十分不正常了！

木蘭花望著黝黑的槍口，一個人在精神不正常的狀態之下，是會莫名其妙開槍的，現在最要緊的，是先使他鎮定下來！

是以木蘭花立時說道：「胡成德，現在事情只有我一個人知道，我可以代你隱瞞，只要你肯和我合作！」

胡成德的聲音發著抖，道：「將你殺掉，就……沒有人知道了！」

木蘭花顯得很鎮定，道：「也許你偷紅寶石的事沒有人知道，但是，你謀殺的罪名，卻難以洗脫了！」

胡成德的身子陡地一震，那一震，只不過是十分之一秒鐘的時間。

但是木蘭花早已知道，自己這一句話一出口，胡成德必然會有特殊的反應，而她早已蓄定了勢子，就在她話一出口，胡成德因為她的話而感到震動之際，她已向前疾竄，一腳踢出，正踢在胡成德的手腕之上！

胡成德發出了一下絕望的叫聲，捧著手腕向後退去，靠在一扇屏風之上，在發著抖。

木蘭花的身子繼續衝前兩步，伸手接住了自半空中落下來的手槍。

木蘭花道：「好了，胡先生，你可以將事實經過，好好地說一說了！」

胡成德發出了一下呻吟聲，然後道：「我……我也不知道他們會將事情鬧得那麼大，他們……他們先來找我的時候，只說要和保險公司開個玩笑！」

木蘭花冷笑了一聲，道：「你竟會天真到了相信他們的話？」

胡成德說道：「我……我是不相信的，可是……可是……」

木蘭花接上口，道：「可是，他們答應給你巨額的報酬，是不是？」

胡成德尖聲叫了起來，道：「我……我不算是偷東西，我只不過將那二十顆紅寶石從保險庫中取出來，在我家中放上幾天，我會將它們放回去的，他們也沒有要那些紅寶石！」

木蘭花緩緩吸了一口氣，她相信胡成德的話，她又向那兩個仍然昏迷不醒的人望了一眼，道：「你一共和他們見過幾次面？」

胡成德神經質地數著手指，卻不回答木蘭花的這個問題，只是反問道：「我犯了罪？我是不是要坐牢，要坐多久？」

木蘭花沉聲道：「你當然是犯了罪，因為你和他們合作，但如果現在，你反過來和我們合作的話，那麼，你的情形可能好一些！」

胡成德因此道：「你可以保證我沒有罪？」

木蘭花冷冷地道：「我不能向你有任何保證，但是對你而言，最好和我合作！」

胡成德抹著汗，苦澀地笑著，點了點頭。

木蘭花道：「你見過他們幾次？見過他們多少人？」

胡成德向那兩個昏迷不醒的人望了一眼，道：「連今天這次，三次。」

木蘭花道：「三次的情形怎樣？」

胡成德道：「第一次，我回家，有兩個人，像他們一樣，坐在客廳裡，我以為他們是壞人，可是他們卻反而向我展示了一大疊鈔票，他們只要求我將那二十顆紅寶石取出來，他們並不要，隨便我將紅寶石放在任何地方，在任何時間交回去！」

木蘭花「哼」地一聲，道：「可是你沒有將紅寶石交回去，也不準備交回去了，是不是？」

胡成德低下了頭，道：「我取走了紅寶石，就發生了那樣的大事，絕沒有人懷疑我，這二十顆紅寶石在我的手中……」

木蘭花又冷笑了一聲，說道：「好了，第二次呢？」

胡成德道：「第二次，是在樓下的大堂中，一個人，他對我說，我做得很好，他們或許還會要我做另一件事，講完就走了！」

胡成德講到這裡，略頓了一頓，才又道：「這時，我才知道他們是九金剛，一共有九個人，所以，今天你和我一起從電梯裡走出來，我以為你也是。」

木蘭花指著那兩個被她擊昏過去的人，道：「前兩次，你見過這兩個人？」

胡成德搖頭道：「沒有，上兩次的人，年紀要大一些。」

木蘭花道：「他們給了你多少酬勞？」

胡成德連忙說道：「五十萬，我一點也沒有用過！」

木蘭花側著頭，微笑著，這時候，她心情的愉快，是難以形容的，因為她終於將事情的情勢扭轉過來，她開始佔上風了！

她道：「好，你將這五十萬，以無名氏的名義捐到慈善機關去！」

胡成德連聲道：「是！是！」

木蘭花又說道：「還有，將那二十顆紅寶石交給我！」

8 棋高一著

胡成德這一次，略為猶豫了一下，但是他的猶豫，也只是極短時間內的事，他立時走向一隻花瓶，將花瓶倒過來，從花瓶中跌出了一隻盒子來。

他將盒子交給了木蘭花，木蘭花打開盒子一看，也不禁發出了一下讚嘆聲來。

木蘭花之所以讚嘆，和一般人看到了那樣完美的紅寶石所發出的讚嘆，是不同的，木蘭花並不是著眼於這些紅寶石在金錢上的價值，她是在讚嘆，自然造物，實在太奇奧了，竟能產生如此晶瑩、美麗，如此光芒四射的寶石來！

木蘭花闔上了盒蓋，將盒子放進口袋中，道：「我會將它們還給你叔叔的！」

胡成德連連點頭。

木蘭花望了胡成德片刻，道：「你為了貪圖他們的報酬，你可知道，這使本市的治安受到了多大的損失？」

胡成德的額角在冒著汗，低下頭去，一聲不出，過了片刻，他才抬起頭來，道：「蘭花小姐，求求你別再對任何人說起這件事！」

胡成德的哀求，令木蘭花呆了片刻，她才道：「胡先生，你應該知道，隱瞞一次罪惡行為的唯一結果，就是替第二次犯罪製造了溫床！」

胡成德連續地道：「求求你！求求你！」

木蘭花嘆了一聲，道：「好，但是你必須將這件事的經過，向你叔叔坦白！」

胡成德呆了片刻，才點了點頭。

這時候，那兩個昏迷不醒的人，其中的一個，已經發出了呻吟聲來，木蘭花走近酒櫃，拿起了一瓶冰水來，到了那人的身前，用冰水向那人的臉上直淋了下去，那人陡地翻身坐了起來。

他一翻身，四面看了一下，然後，緩緩地站了起來。

木蘭花立時道：「好了，就快要結束了！」

那人撫摸著自己的頭頂，道：「你以為呀，木蘭花，別忘了我們一共有九個人，別忘了安妮和市長女兒的生命在我們手中！」

木蘭花只是冷冷地望著那人，那人的神情很緊張，但是他卻竭力裝出十分輕鬆的樣子，聳著肩，攤著手，道：「木蘭花，你的確很了不起，會在胡成德的身上著手調查！不過，你能夠遇到我們，只不過是偶然的機會，不算是本事！」

木蘭花冷冷地道：「我能夠先一步出手，擊倒你們兩個人呢？」

那人道：「好吧，算是你的本事，不過那有什麼用，對不起，我要叫醒同伴，離開這裡了！」

木蘭花雙手緊緊握著拳，她自然知道，對方是有著有恃無恐的理由的！

木蘭花剛才將那兩個人擊昏過去之後，根本未曾想到要通知警方，也是這個原因，因為那根本沒有用，就算捉到了他們兩個人，只要安妮和貝娜的命運在對方的手中，警方也只有被迫放人的！

木蘭花明知扣留這兩個人，沒有什麼大用處，可是她卻也不甘心讓這兩人就這樣離去。

她冷冷地一哼，道：「你們想走，是不是在開玩笑？」

那人的神色略變了一變，道：「蘭花小姐，你可是忘了科斯他他的解藥，還在我們的手上！」

木蘭花道：「當然記得，可是你也別忘記，如果到時，她們兩個人得不到解藥，那麼，即使其他七個人可以逍遙法外，你們兩個人也是一定要上電椅的，這是一項謀殺罪！」

木蘭花的話，令那人的面色變得更加難看，他不住發出冷笑聲。道：「兩個人換兩個人，就算你肯，市長也不肯！」

木蘭花冷笑道：「我也不肯，可是法律一定要那樣做，本市沒有一條和凶徒妥協的法律！」

在那瞬間，那人的神情變得十分緊張，他突然發出了一下怪叫聲，向木蘭花直撲了過來。

木蘭花一聲冷笑，身子向旁閃了一閃，那人一下子撲了個空，木蘭花順手一掌，掌緣正砍在他的後頸上，那人又發出了一下叫聲，向前直撲了出去，跌在地上！

他竟然會如此沉不住氣，那倒頗出乎木蘭花意料之外。但是，木蘭花的心中卻十分高興，因為那人既然害怕，那對她是十分有利的！

那人仆跌在地之後，立時轉過身來。

木蘭花冷冷地道：「為你自己著想，快將你們幾個人藏匿的地點說出來！」

那人急速地喘著氣，道：「休想，你以為這樣，就可以戰勝我們了？」

木蘭花不再和那人說什麼，只是揚首對胡成德道：「你還不打電話報警？」

胡成德連聲答應著，向電話走去。

這時，在地上半起身來的那人，臉上忽然現出一絲十分狡猾的笑容來，而另一個一直昏過去的那人，也漸漸地在睜開眼來。

那人之所以現出狡猾的笑容，自然是因為他看到他的同伴，已然醒了過來的緣故。

以木蘭花的機智而論，她應該也看到那另一個人已經醒過來的。

就算她未曾注意那另一個人，那個在她面前的人，忽然現出狡猾的笑容來，她也該知道，是有什麼事發生了。

可是，木蘭花看來，竟然像是全然未曾注意到似的！

胡成德在向電話走去，可是，他才走出了兩步，那一直昏迷不醒的那人，突然身子直躍了起來，才一躍起，身子就疾撲在胡成德的身上。

胡成德被那人一撞，立時跌倒在地，木蘭花在那時發出了一下驚呼。

這一切，全是一剎那間的事，木蘭花的驚呼聲還未完畢，那人已疾轉身來，而在他的手中，已經多了一柄手槍，正對著木蘭花，木蘭花的身子震了一震，這時，她的臉色變得十分難看。

那人拿著槍，「呵呵」地笑著，道：「木蘭花，我早已醒了，你想不到吧！」

木蘭花臉色鐵青，悶哼了一聲，剛才被木蘭花一掌砍倒在地上的那人，也站了起來，滿面笑容，道：「蘭花小姐，現在你還有什麼話好說？」

木蘭花並沒有說什麼，只是盯著那個人手中的槍，那人揚了揚手，道：「木蘭花，你雖然神通廣大，但不見得會蠢到來搶我的手槍吧！」

木蘭花「哼」地一聲，道：「你試試向前走幾步，看看我是不是會動手！」

那人在木蘭花這樣講的時候，身子不由自主向後退了兩步，而也就在這時候，木蘭花的身子陡地彈了起來，向前直撲了過來！

木蘭花在那樣的情形下，竟然向著槍口直撲了過去，那種行動，的確是那人所說的那樣，實在是一件蠢事！

木蘭花的動作，自然快到了極點，可是一個人的動作再快，也絕比不上槍彈發射的速度的！

那人看到木蘭花就那樣毫無防禦地向他撲了過來，在一開始的時候，他不禁呆了一呆。

然而，他只不過呆了極短的時間，便立時扳動了槍機。

那一下槍響，聽來是極其驚人的，而木蘭花的身子，在半空之中猛地一扭，「砰」地一聲，已然跌了下來，子彈射中了她的肩頭，她伸手按在肩上，鮮血自她的手指間直迸了出來。

那人在射了一槍之後，立時退到了門口，疾聲道：「快走！」

胡成德也站在客廳門口不遠處，但是他看到木蘭花也受了傷，簡直整個人都呆住了。

那兩個人拉開了門，迅速地向外奔了出去。

木蘭花緊緊地咬著牙，說道：「快替我召救護車！」

胡成德團團轉了一轉，才來到了電話旁，木蘭花已然掙扎著站了起來，臉色煞白。

胡成德一面撥著電話，一面身子在不住地發抖，木蘭花在沙發上坐了下來，閉上了眼睛。

木蘭花被救護車送到了醫院，經過了一小時的手術，將子彈取了出來。

木蘭花受傷的消息，方局長本來是想對新聞界保守秘密的，可是，在木蘭花還在手術室的時候，大批記者已經趕到了。

當木蘭花躺在病床上，被從手術室推出來的時候，要勞動數十名警員來維持秩序，才能攔住記者。

木蘭花的面色煞白，閉著眼睛，方局長緊守在她的身邊，一直到了病房之中。

到了病房中，木蘭花慢慢睜開眼睛來，道：「方局長，醫生說我的傷勢怎樣？」

方局長苦笑了一下，道：「很輕，但是你至少也得休息兩個星期。」

木蘭花又閉上了眼睛，方局長在病床前來回踱著，道：「蘭花，離他們的期限，只有三十小時了，你又受了傷，這……」

木蘭花仍然閉著眼，道：「方局長，你別心急，我們還有時間！」

方局長停了下來，望著臉色蒼白的木蘭花，長長地嘆了一口氣！

他自然很佩服木蘭花的鬥爭精神，但是現在，無論從那一方面來看，木蘭花都徹底失敗了！

離對方限定的時間，只不過三十個小時，木蘭花還受了傷，她的傷勢就算沒有生命危險，可是也絕不可能再和對方動手的了！

方局長這時心中的煩亂。實在是難以形容的，可是，對著已經受了傷的木蘭花，方局長卻也不能再說什麼，他只是長長地嘆著氣。

等到高翔、穆秀珍、雲四風、五風兄弟一起來到醫院的時候，已經是天色微明時分了。

在那一夜之中，木蘭花顯得很平靜，她得到了充分的休息，當早晨的陽光射進病房來的時候，木蘭花的臉色看來已經好了許多。

她半坐在病床上，高翔、穆秀珍、雲四風和雲五風進來之後，從他們的臉上，可以看到他們心情的沉重，他們沒有一個人說話。

木蘭花等到護士離開之後，才揚了揚手，向高翔招了招手，高翔立時俯身過去，木蘭花以極低極低的聲音道：「高翔，在病床找一找，看看是不是有竊聽器？」

高翔略呆了一呆，穆秀珍在一旁，並沒有聽清楚木蘭花在說什麼，大聲問道：「蘭花姐，你說什麼？」

高翔立時轉過身來，向穆秀珍做了一個手勢，示意她不要出聲，然而，便開始尋找起來。

穆秀珍、雲四風和雲五風也立時知道高翔在做什麼了，他們一起開始尋找起來，不到五分鐘，雲五風就在窗框之下，找出了一隻小型的竊聽器來。

高翔等幾個人都駭然互望著，因為他們實在不知道，何以在警衛森嚴的病房中，會有竊聽器在！

而更令他們莫名其妙的，是何以木蘭花會預知這一點？

穆秀珍滿面怒容，伸手自雲五風的手中奪過那個不過比普通粉盒更大的竊聽器來。

看她的樣子，像是要將那隻竊聽器用力摔在地上，將之踏扁了！

木蘭花在這時候沉聲道：「秀珍，別亂來，我們已經徹底失敗了！」

穆秀珍陡地一呆，道：「什麼？」

木蘭花一面使眼色，一面嘆著氣道：「已經失敗，就得承認！」

穆秀珍又呆了一呆，但是當她看到木蘭花注意著她手中的竊聽器之際，便明白了，她故意大聲道：「哼，就算這次承認失敗，我至多也只是暫時離開，我一定要回來和他們再鬥過！」

高翔、雲四風和雲五風也明白了，高翔沉聲道：「這次我們失敗，我想，就算日後有翻本的機會，也沒有什麼光榮了。」

木蘭花長嘆了一聲，說道：「高翔，醫院外面，各報記者都有，你向他們發表我們投降的消息吧！」

高翔發出了兩下苦澀的笑聲，道：「不必那麼心急吧，我們還有一點時間。」

木蘭花喃喃地說道：「完了，我們已完全失敗了！」

穆秀珍將竊聽器又放在窗框之下，雲五風已然取出一本小簿子來，寫道：「蘭花姐，你有新的進展？」

木蘭花的左肩受了槍傷，她的右手還是可以活動的，她自雲五風的手中接過筆來，寫道：「快回家去，注意著家中的無線電波示蹤儀！」

高翔、穆秀珍幾個人驚喜地互望著，穆秀珍失聲道：「蘭花姐，你——」

高翔不等她講完，立即用力推了她一下，穆秀珍向放置竊聽器的地方看了一下，吐了吐舌頭。

木蘭花已然接了下去，道：「是，我承認失敗，不想再有任何行動了，只準備離開本市！」

她一面說著，一面在紙上寫著：「多調幹探，直搗巢穴。」

高翔、穆秀珍和雲氏兄弟還不知道木蘭花究竟做了一些什麼手腳，但是根據木蘭花的指示，分明是可以在家裡的無線電波示蹤儀上，知道對方巢穴的所在地，那是沒有疑問的了！

高翔點著頭，向眉飛色舞的穆秀珍望了一眼，以極低的聲音道：「秀珍，我們已經徹底失敗了，要裝出愁眉苦臉的樣子來！」

穆秀珍立時扮了一個鬼臉，果然，換上了一副苦惱的神情。

木蘭花揮了揮手，道：「你們可以去了！」

高翔、穆秀珍和雲氏兄弟一起走了出去。

他們離開之後不久，一個護士走了進來。

木蘭花注意到那個護士頻頻望著窗沿，而且，還藉故開窗子，故意走到了窗前，她的身子遮在窗沿上，木蘭花知道，她是在檢查那竊聽器還在不在。

木蘭花閉上了眼睛，嘆了一聲。

在她叫高翔在病房中尋找，看看是不是有竊聽器的時候，她還不能肯定是否有竊聽器在，她只是想到，對方既然能利用胡成德來造成光輝珠寶公司的紅寶石失竊案，如此神秘莫測，由此可知，他們很懂得利用人家的弱點！

木蘭花也自信，在胡成德的家中，她可以說一點破綻也沒有，她真正受了傷，但是對方既然對每一件事都如此深思熟慮，也不是沒有可能發現些微破綻的，那就有可能要知道真相如何了。

而買通一個護士，放一具竊聽器在病房中，實在太容易了！

木蘭花閉上了眼睛，那護士已從窗前轉回身來，她顯然不是慣於犯罪的，因為她的神色十分慌張。木蘭花故意不去看那個護士。

木蘭花雖然受了傷，而且傷口還在劇烈地疼痛，但是她的心情卻十分輕鬆，她知道，事情快結束了，事情將以「九金剛」的徹底失敗而結束，而「九金剛」之所以失敗，一半原因，是由於他們太聰明，對一切事情的布置，太周密了！

高翔和穆秀珍像風一樣地掩進書房來，高翔以極其迅速的動作，扳下了幾個掣，一幅對角線有二十五吋的螢光幕，立時亮起了暗綠色，在右上方，有一個亮綠色的小點。

高翔望著螢光幕，向穆秀珍揮了揮手，穆秀珍立時取過了一片和螢光幕同樣大小的玻璃片來，在那片玻璃片上，有著本市的全部地圖。

高翔接過了玻璃片，將之放在螢光幕上，一手已經拿起了電話。

螢光幕上的那個綠點，仍然在右上角不動。

高翔在電話接通時，一面望著螢光幕，一面道：「我是高翔，是的，方局長，我們有線索了，我要調三百個最能幹的人，封鎖金龍街、麗花街，對，要秘密行事，我們確切的目標，要到那裡才能知道。」

高翔略停了片刻，又道：「是，我想蘭花是故意受傷的，好使對方相信他們是自己逃回去的，當然蘭花已在他們兩個人中的一個身上放下了無線電波發射器。那一帶是相當高級的住宅區，這一次，我們可以在他們自以為必然勝利的情形下，直搗他們的巢穴了！記得，每一個人的身上，都要配備無線電對講機！」

高翔放下了電話，深深地吸了一口氣，他提著一具小儀器，在那儀器上，也有一幅螢光幕，同樣有一個小的亮綠點。

這一具探測儀，當它接近到無線電波發射儀一百呎之內的時候，還會發出聲響，和憑聲響指示方向。

高翔提著儀器，又取出了幾柄槍來，拋給穆秀珍和在門口的雲氏兄弟，然後道：「我們走！」

他們一起上了車，直向目的地出發。

金龍街是一條斜路，通向一座山頭，在山頭上盤旋。

那山上，全是美麗的小洋房，高翔的車子開始駛上斜路的時候，已經可以看到方局長的調度，將各處通道都封鎖了。

這時，正是上學的時候，不少學生背著書包，從那路上走下來。

高翔駛著車，緩緩向前駛著，穆秀珍坐在他的旁邊，全神貫注地望著那具儀器。

高翔按下了無線電對講機的掣，沉聲下著命令，說道：「各單位注意，各單位注意，我是高翔，每一個由這一區走出來的人都要暫時扣留，注意，每一個人！」

車子繼續向前駛著，駛過了許多房子，已經快到最高的山頂了。

也就在這時，穆秀珍手中的那具儀器，突然亮起了一盞紅燈。

車中的四個人，陡地緊張了起來。

儀器亮起了紅燈，這就表示，無線電波發射儀的距離，在一千呎之內了！

向前面看去，前面有一幢極大的花園洋房，那洋房的圍牆之後，有一個旗桿，旗桿上飄著一面旗，那是南美洲一個小國家的國旗。

車子繼續向前駛，就在駛到那幢洋房前面的時候，儀器發出了「吱吱」聲，亮起了的紅燈，在不斷地閃耀著。

他們要尋找的目標，是在那幢洋房之中，那是毫無疑問的了！

也就在那時候，高翔、穆秀珍、雲四風和雲五風都看到，那幢大洋房的門外，釘著一塊銅牌，上面刻著兩行字：「ＸＸ國商務專員分署」！

高翔並沒有在那幢洋房的門前停車，而是駛了過去，一直轉過了街角，才停了下來。

穆秀珍握著拳，大聲道：「衝進去再說，只要將那幾個人抓住了，就算是外交機構，對方也一定無話可說的，那是他們不對！」

高翔的眉心打著結，道：「萬一，我們要找的人，不在那屋子中呢？」

穆秀珍道：「那至多再向他們道歉，如果那幾個傢伙不在，我們可算是徹底失敗了，由我們出面道歉，也不算是什麼！」

高翔又向雲四風和雲五風兩人望去。

穆秀珍的方法，自然是太過魯莽些，但是以「九金剛」處事的周密而論，他們利用外交人員的身分從事罪惡的活動，那是絕對可能的。

高翔曾經花費過許多時間來查入境者的名單，而一無所獲，自然也是因為那九個人可能全是以外交人員身分入境的緣故。

而如果現在，因為有所顧忌。而錯過了這個機會的話，可能永遠沒有機會了！

雲四風和雲五風當然同時也想到了這一點的，是以，當高翔向他們望來的時候，他們呆了足有半分鐘之久，才點了點頭。

高翔按下了對講機的掣，沉聲道：「各單位注意，包圍金龍街二十四號，金龍街二十四號！」

高翔在重複了幾遍之後，突然，從無線電對講機中聽到了方局長的聲音，質疑說道：「高翔，你有沒有弄錯，金龍街二十四號。是外國商務專員的分署！」

高翔道：「沒有弄錯，我們必須當機立斷，如果錯過了這個機會，就一切完了！」

方局長道：「可是……可是……」

高翔自然知道方局長要說什麼，他立時說：「局長，事後，可以將責任全推在我的身上，至多由我引咎辭職，甚至於可以將我紀律處分！」

方局長只考慮了幾秒鐘，就道：「好的，如果可以在裡面找到那九個人的話，自然什麼問題也沒有了，祝你成功！」

高翔將車子轉了頭，又緩緩駛近那洋房，他已經看到，至少有一百人，在接近那幢房子，那幢房子，已經被包圍了。

高翔陡地踏下油門，車子直衝到那幢大洋房之前，在門口停了下來。

高翔的車子才一停下，就看到兩個穿著制服的守門人，自花園中急急走了過來，而車子才一停下，穆秀珍、雲四風兩人首先打開車門，迅速地下了車，立時攀著鐵門，疾躍進了花園。

那兩個守門人大聲叫著，可是穆秀珍已將鐵門打了開來。

高翔同時也下了命令，一剎那間，至少有五六十個警方幹練人員，從各方面進入了花園。

那兩個守門人，竟全呆住了。

高翔從大門衝了進去，湧進來的警方人員更多。

一分鐘之後，方局長也趕到了，一切經過，幾乎順利得出乎意料之外，警方人員立時佔據了整幢屋子，從屋子中找出七個人來，連那兩個守門人在內，一共是九個。

其中一個中年人在大聲吼叫著，用的是西班牙語，他叫道：「這算什麼？我要提出最嚴重的抗議！」

高翔冷冷地望著他，道：「不必抗議了，你們九個人，顯然都經過第一流的整容手術，但是你們的指紋是改變不了的！等檢查了你們的指紋之後再抗議吧！」

那中年人和其餘八個人，面色變得極其難看，那中年人又大聲叫道：「可是我們是真正的外交人員！」

高翔道：「或許是，但是你們同時也是本市國際警方的通緝犯，這種外交上的交涉，我和你都不內行，可是追捕通緝犯，卻是我的本分！」

那九個人的面色，全難看到了極點，其中一個叫道：「你們絕不可能知道我們在這裡的！」

穆秀珍提起了手中的儀器，按下了一個掣，儀器發出「吱吱」的響聲，當儀器接近其中的一個人時，聲響更是尖銳。

穆秀珍笑了起來，道：「你回來之後。怎麼大意到未曾檢查自己的身上是不是多了什麼？木蘭花是故意讓你們逃回來的，難道你們想不到？」

那人尖聲大叫了起來，說道：「她是真的受了傷！」

穆秀珍陡地一拳擊向那人的門面，那人被擊得向後跌了出去，穆秀珍咬牙切齒地道：「這便是你打傷木蘭花的懲罰！」

雲四風、雲五風一起從屋子的樓上奔了下來，雲五風的手中拿著一盒針劑，道：「我們找到了『科斯他他』的解藥！」

高翔道：「好，快到醫院去！」

他一面說著，一面看了看手錶。道：「還有二十多小時，時間太充裕了！」

木蘭花的病床旁，放著一大疊報紙，每一張報紙都以最大的字體，報導著「九金剛」就擒的消息，九個人都經過整容，但是經過指紋檢查，他們全被證明，就是那九個通緝犯。

九個人也承認了自己這些日子來的一切犯罪行為，但他們似乎很鎮定，因為他們全部有著外交人員的身分。是以，從早報上刊登的照片看來，這九個犯罪分子，甚至可說是趾高氣揚的。

但是到了晚報出版之後，刊登在晚報上那九個人的照片，九個人都一起垂頭喪氣地，完全像是鬥敗了的公雞一樣！

因為南美洲的那個小國，已經發表了聲明：這九個人的外交身分，完全是通過賄賂行為獲得的。與賄賂事件有關的外交部副部長已經被撤職，這九個人外交人員的身分已不被承認！

他們最後的護身符也喪失了！

穆秀珍、安妮、高翔、雲四風和雲五風，都在木蘭花的病房之中，安妮已完全恢復了。

每個人的臉色都是喜氣洋洋的。

安妮笑道：「我中了他們的計，誰知道蘭花姐棋高一著，用同樣的方法對付了他們！」

高翔望著木蘭花，好一會才說道：「你怎麼知道那個人開槍，只不過將你打傷，而不會將你打死？」

木蘭花垂下了眼，道：「我無法知道這一點，我所能做的，只是在半空之中扭轉身子，那個人如果稍微留意一下，應該可以發現，我是故意受傷的。」

高翔說道：「就算你能夠這樣做，還是太危險了！」

木蘭花抬起頭來，道：「當然危險，這是我遇到最危險的事，但是，如果不是那樣的話，我們有什麼法子能夠反敗為勝呢？」

安妮喃喃地道：「勝利的代價，真不簡單！」

木蘭花道：「當然是，不論是什麼勝利，都要花費巨大的代價才能得到的！」

這時，護士走了進來，木蘭花立時道：「小姐，那竊聽器，你還不將它拋掉？你得了他們多少報酬？」

女護士的神色一下子變得煞白，呆在那裡，不知如何才好。

木蘭花道：「你向高主任自首吧，我想，警方可能不會對你起訴，因為你放置的那竊聽器，幫了我們的忙，若不是那竊聽器，他們不至於如此一無防備，而使我們能順利成功的。」

女護士望著高翔，高翔立時打開門，叫進一個警官來，將護士帶了出去。

木蘭花伸了一個懶腰，道：「高翔，那九個人在獄中情形怎樣，送幾瓶香檳給他們慶祝一下！」

穆秀珍大笑了起來。

高翔道：「還請他們喝香檳，我要用酒瓶打他們的頭呢！」

安妮緊握著雲五風的手，他們幾個人，每個人的性格都不同，但這時，他們每一個人的心情，都無比地輕鬆！

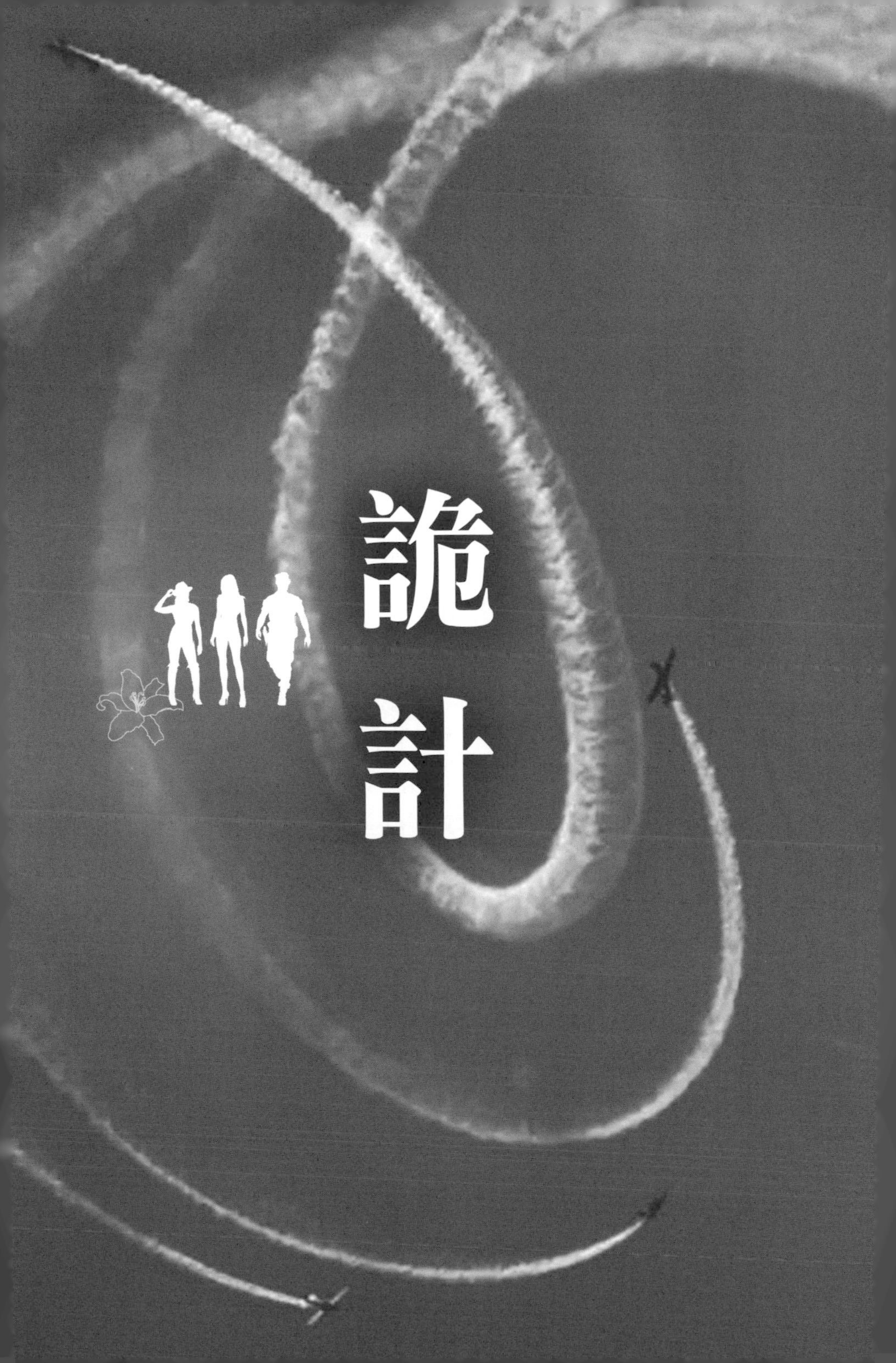
詭計

1 飛行表演

天氣晴朗和暖，在這個城市中，這是早春難得有的一個好天氣。

可是，木蘭花卻躺在床上，家裡靜得很，只有她一個人。

木蘭花閉上了眼睛，頭還是痛得厲害，她自己伸手在額上摸了摸，額角燙手，她這場感冒，來勢很凶，昨天上午還是好端端地，到了今天上午，就感到極度疲倦，晚上，終於病倒了！

她在床上已躺了將近二十小時，全身都軟弱無力。

照說，木蘭花病倒了，就算高翔和穆秀珍事情忙，安妮也應該在家中陪她的。而安妮在今天早上臨出門的時候，也的確老大不願意，只不過木蘭花強把她「趕」走的。

今天，是本市的一個大日子。

為了籌募本市的慈善基金，一群業餘的飛行愛好者，和職業的飛行好手，聯合舉辦了一個「空中飛行技術表演大會」，來支持慈善基金的籌募。

這個「飛行技術表演大會」，有著十二項精彩絕倫、驚險刺激的項目，木蘭花本來也擔任其中的一個單人教練機花式飛行的節目，可是她卻病倒了，所以只好留在家裡。

她自己因病不能參加，當然不希望穆秀珍和安妮也因她而缺席，因為，穆秀珍和安妮也同樣擔任驚險的飛行表演項目。

估計會有二十萬市民湧到郊外去參觀這些飛行表演，那是難得的一場盛會，所以警方人員幾乎全部出動，到現場去維持秩序，高翔身為警方的高級負責人，自然也無法留在家裡陪木蘭花了。

所以，木蘭花變得一個人在家中了。

木蘭花覺得頭裡像是有許多針在一下又一下地刺著，她想熟睡，可是頭痛令她睡不著。

她半坐了起來，披上了一件睡袍，喝下一大杯水，她在想，飛行表演應該已經開始了。

如果她沒有病，那麼，她一定和眾多的飛行家以及上萬的市民在一起，不致於冷清清一個人在家裡了。

木蘭花輕輕地嘆了一口氣，在枕旁取過了電視的遙控掣，按下了一個掣。

電視臺派出大量的工程技術人員，實地轉播這次飛行表演大會的實況，木蘭花雖然不能身歷其境，但是在電視上看看大會的盛況，也是好的。

電視上畫面出現，只見機場上，停著十幾架飛機，大多數是中型和小型的教練機，觀眾的人數似乎比估計的更多，跑道兩旁以及機場附近的空地上，黑壓壓地，全是人群。

電視中傳出評述員的聲音，聲音是十分興奮的：

「今天來到這個大會的人數，比預計的超出了一半，但是人人都遵守秩序，現在，第一項節目快開始了。第一項單人花式飛行表演，本來是由大名鼎鼎的女黑俠木蘭花擔任的，可是，木蘭花小姐因為生病，不能參加，這是一件十分可惜的事！」

評述員講到這裡，竟然嘆了一口氣。

木蘭花自己也低嘆了一聲。

評述員接著道：「現在，項目程序更改，第一項花式飛行，由穆秀珍小姐擔任，穆小姐是女黑俠的妹妹，她的飛行技術相當精湛，現在，她已準備妥當，準備上機了……」

評述員的話已經不怎麼聽得清楚，因為在場的觀眾，一起喝起采來了。

在電視螢光幕上，可以看到一輛敞篷跑車自跑道的一端緩緩駛進來。

穆秀珍站在車中，她穿著一套鮮黃色的飛行衣，英姿颯爽，在接受觀眾們的歡呼。

在電視螢光幕上，可以清楚地看到穆秀珍歡樂的神情，車子停在一架單引擎教練機之前，兩個可愛的小女孩奔過來向穆秀珍獻花。

穆秀珍接過了花，下車，步上飛機，觀眾的歡呼聲更是震耳欲聾，令木蘭花不得不將電視的聲量調節到了最低的程度。

接著，穆秀珍駕駛的那架飛機起飛了，飛機在離開跑道之後不久，就筆直地直飛上天空，電視攝影機的遠攝鏡頭緊緊跟著飛機，銀灰色的機身，在陽光之下閃閃生光。

穆秀珍盡量表演著她的駕駛技巧，飛機在她的操縱之下，就像是一頭靈活的燕子一樣，在空中翻騰著，兜著圈子，忽然低飛，忽然高飛，有幾次，低飛到幾乎離觀眾的頭頂只有幾十呎。

最後，飛機直衝上天空，越飛越高，只剩下了一個小銀點，然後，只見機身向下，飛機向下直衝了下來，下衝的速度之快，令每一個人都屏氣靜息，直到飛機衝到了離地只有二十來呎的時候，眼看要撞在地上了，才又突然機首昂起，平平地飛出，安然降落在跑道上！

半躺在床上的木蘭花，雖然明知以穆秀珍的駕駛技術而論，除非是飛機的機件忽然有了重大的故障，否則是不會有什麼意外的。可是，剛才穆秀珍的表演實在太刺激了，令她也緊張得喘不過氣來，直到飛機降落，停定，穆秀珍打開艙門走了出來，木蘭花才鬆了一口氣。

即使電視機的聲量已被調節到最低，但是在穆秀珍走出機艙之際，觀眾的歡呼還是極其驚人，評述員在聲嘶力竭地大聲稱讚穆秀珍的飛行技術，接著就宣布第二項項目。

在郊外的機場上，現場情況之熱烈，遠非電視觀眾們能領略的，剛才，在穆秀珍駕著飛機，自高空疾衝而下之際，將近二十萬人的大場合，竟然可以靜得除了飛機的引擎聲之外，沒有任何聲音。

而是時，觀眾的歡呼聲，當真可以稱得上地動山搖，穆秀珍也沒有料到自己的表演，竟然可以得到如此轟動的歡呼，她高興得漲紅了臉，等到安妮疾奔至她身邊時，她握住了安妮的手，興奮得講不出話來。

安妮大聲叫道：「秀珍姐，你表演得太精彩了！」

穆秀珍和安妮一起上了車，在觀眾們的歡呼聲中，繞著機場的跑道疾駛了一圈。然後，穆秀珍和安妮一起擠上了貴賓席，雲四風在座位上站起來，擁抱著穆秀珍。

這些情形，電視觀眾是看不到的，因為是時，評述員正介紹第二項節目，而參加第二項表演的三個人，也已登上了敞篷汽車，在跑道中緩緩駛著。

那是三個身形相當挺拔的年輕人，他們的年紀，相差不會超過四歲。

評述員的聲音已經有點嘶啞了，但是他還是盡量在提高聲音的講道：

「各位，第二項項目，可以說是世界上從來未有過的飛行表演，擔任此項表演的，是許氏三兄弟，他們是世界著名的業餘飛行家，也是本市大企業家——許業康先生的三位公子！」

穆秀珍已經坐了下來，她也和所有的人一樣，望著站在車中的許氏三兄弟。

雲四風在穆秀珍的耳邊低聲道：「想不到許業康這隻老狐狸，還有那麼出色的三個兒子！」

穆秀珍瞪了雲四風一眼，道：「你不能因為許業康和你在業務上有衝突，就稱他為老狐狸！」

雲四風笑了起來，道：「秀珍，我稱他為老狐狸，還是客氣的了，他那種不擇手段，擴充生意，吞噬中小企業的做法，有不少人稱他為吸血鬼！他自己也知道仇人太多，從來不敢在公開場合露面，你看，今天這樣的場面，全市的知名人士全來了，他三個兒子還來參加如此精彩的表演，他也不敢出現！」

穆秀珍笑道：「許氏三兄弟要在空中表演撞機，他們的父親看了，只怕會心臟病發作。」

是時，許氏三兄弟已在三架飛機旁下了車，六個小女孩奔向前來，向他們獻花。

許氏三兄弟全穿著銀白色的飛行衣，觀眾的歡呼聲雷動，那三架飛機，兩架較小，一架較大，飛機的機身上，全漆著鮮紅色的篆字體的「許」字。

評述員在大聲介紹著這個節目：「許氏三兄弟的空中表演，有很多專家認為是不可能的，但是他們已經過了多次的練習，有信心做得到，他們的三架飛機起飛之後，兩架在旁邊，一架在中間——」

評述員的原意，本來是想詳細介紹許氏三兄弟的表演經過的，可是，觀眾的歡呼聲和喝采聲，將他的聲音完全淹沒了！

評述員所坐的位置，離貴賓席並不太遠，穆秀珍望過去，只看到評述員的口在不斷地張闔著，卻聽不到他的聲音，樣子十分滑稽，她不禁笑了起來。

許氏三兄弟登上飛機，飛機引擎發出了一陣陣的怒吼聲。

是時，觀眾的歡呼聲也暫時靜了一靜，評述員的聲音才可以繼續聽得到，他在介紹許氏三兄弟那三架飛機的性能，道：

「這三架飛機，全有電腦裝置，就算在無人駕駛的情形下，也會自動降落。事實上，表演到最後，三個人會集中在最大的那架飛機之中，兩架小飛機是依靠電腦指揮，自動降落的！」

坐在穆秀珍身邊的安妮伸了伸舌頭，道：「要是電腦系統有了故障，飛機摔在人叢中，那就麻煩了！」

雲四風笑了起來，道：「安妮，你對我們工廠的出品，太沒有信心了！」

安妮笑道：「我又不知道三架飛機的電腦系統是你的出品，喂，你不是說許業康和你是生意上的對頭麼？為什麼你替他們的飛機製造電腦系統？」

雲四風笑道：「很簡單，他們自己不會造！」

觀眾的歡呼聲只停頓了極短的時間，又響了起來，三架飛機已然一起飛上了天空。

三架飛機先是在空中，以劃一的動作，表演著花式的飛行！

雖然他們的表演並不如穆秀珍剛才的精彩，但是由於三架飛機的動作劃一，是以看來也是驚險絕倫，三十萬觀眾如癡如狂。

在飛行了十五分鐘之後，三架飛機一起向遠處飛去，一直飛到幾乎看不見了，才又折了回來。

當三架飛機折回來時，最大的那架在中間領前飛行著，兩架小的，漸漸接近大的。

等到兩架小飛機來到了離大機極接近之際，飛機的高度，離地約莫是三百呎，觀眾全靜了下來，因為人人都知道最緊張的一刻來臨了。

突然之間，只見中間那架大機的機艙門，呈海鷗翼狀，向上，兩旁打開。

接著，兩架飛機的機艙也打開，駕駛兩架較小飛機的許氏兄弟，竟然從機艙之中爬了出來，在機翼上，向前緩緩爬行著！

三架飛機仍然在空中飛著，也越來越近，三架飛機的翼尖相距不到兩呎，許氏兄弟中的兩個，在機翼上向前爬行著，來到了翼尖，一起踴身躍起！

當他們躍起之際，機場附近的所有人，沒有一個人可以透得過氣來的，這樣的驚險表演，實在是太震人心弦了！

許氏兄弟中的兩個，從小機的翼尖上躍起，落在大機的翼尖上，然後，拉著大機翼上半圓形的鐵環，一步一步，俯伏前進。

終於，他們到達了大機的機艙之前，斜著身子，進了機艙。機艙呈海鷗翼形張開的艙門，也立時闔攏。

在那一剎間，屏氣靜息了足足有兩分鐘之久的觀眾，雖然一起傳出了喝采聲，但剎那之間，什麼聲音也聽不到，三十萬人的喝采聲，簡直是難以形容的。

那架大飛機繼續向前飛去，在機尾噴出了一股粉紅色的煙來，飛機在空中繞著圈子，紅煙也在半空之中形成一個一個圓圈，歷久不散。

觀眾的情緒，簡直到了沸點，人人都抬著頭，注視著那架在半空中盤旋著的飛機，那兩架較小的飛機，已在無人駕駛的情形下，由電腦系統控制著，安然地滑落在跑道上。

高翔在控制室中，當然不是為了指揮飛機的升降，他只不過為了借用控制室中的無線電傳播系統，便利於指揮上千名維持秩序的警員。

他也看到控制室的人員，通過無線遙控儀器，令那兩架較小的飛機降落在跑道上。

接著，他聽到控制室主任在對著通訊臺大聲叫道：「太精彩了，你們的表演太精彩了！你們或許聽不到觀眾的歡呼聲，太動人了！」

控制室是有完善的隔音設備的，但是觀眾的歡呼聲，仍然可以聽得到，甚至像是控制室四周圍的玻璃，也因之而在震動一樣。

高翔也聽到了許氏三兄弟的回答，「謝謝你們的合作，我們要降落了！」

控制室主任大聲叫道：「請使用主要跑道！」

高翔站在臨跑道的一面玻璃之前，手中拿著無線電對講機，在提醒全體警員注意，當許氏兄弟降落之後，別讓群眾衝向跑道。

飛機又向前飛出了不多遠，已經快碰到跑道了，可是，飛機的速度卻並沒有減慢。

高翔看到了這等情形，不禁略呆了一呆。

他也是極有經驗的飛行員，這樣的情形，是很反常的，因為如果在機輪碰到了跑道之後，飛機的速度不減的話，那麼，唯一的結果，就是飛機在跑道之上，向前直衝出去。

而如果發生了那樣的事，那麼，後果是不堪設想的。

所以高翔在那一剎間，不禁發出了「啊」地一聲來。

雖然，他立時想到，以許氏兄弟的飛行技巧而論，是絕不應該犯那樣的錯誤的，最大的可能是，他們在著陸之前，還要來一次驚險的表演。

當高翔想到了這一點的時候，他在「啊」了一聲之後，並沒有再作什麼表示。

而這時，機輪已然著陸了！

由於飛機的速度並沒有減低，在高速著陸的情形下，機輪才一和跑道相接觸，整架飛機便向上疾彈了起來。

這時，不但高翔發現這架飛機的情形不正常，控制室的工作人員也全注意到了。

控制室主任忙道：「請注意，跑道的長度，是一千二百呎！」

控制室主任那樣說，是在提醒駕機的許氏兄弟，一千二百呎的跑道，在他們那樣的速度之下，至多只有半分鐘，就到盡頭了！

而就在控制室主任那一句話出口之際，機輪又兩度著陸，機身也連續彈起了兩次，高翔已可清楚地看到，飛機左輪的支架已經受不起震動而斷裂了！

這無論如何不是驚險表演的一部分了！

高翔陡地叫了出來，道：「快利用控制系統，使飛機停下來！」

當飛機機輪支架斷折之際，所有的人全都靜下了來，原來坐著的人，不約而同一起站了起來。

人人都意識到，有意外發生了！

而飛機在向前衝著，離跑道的盡頭已越來越近了。五百呎，四百呎，三百呎，飛機仍然像是青蛙一樣在彈跳著，右輪的支架也斷裂了！

許多婦女一起發出了尖叫聲，飛機的速度是突然慢下來的，在離跑道盡頭，只有二十多呎處停了下來。

飛機才一停下，機身立時傾側，右面的機翼撞在跑道上，立時斷折，斷折下來的機翼，仍然因為慣性作用向前飛了出去，撞在跑道盡頭的岩石上，鋁片被撞得一片一片地飛了開來。

所有的人都呆住了，沒有人可以想像得出，何以許氏三兄弟在做了如此精湛的飛行表演之後，忽然會有這樣的意外，一時之間，靜得什麼聲音也沒有，電視評述員也張大了口，出不了聲。

直到救護車和救火車的尖銳聲音衝破了靜寂，所有的人才像是如夢初醒一樣，人人發出了一陣嘆息聲，在剎那之間混亂了起來。

平躺在床上的木蘭花，對於現場所發生的一切，全看得清清楚楚，因為電視攝影機的鏡頭，一直對準著那架飛機。

木蘭花在飛機第一次開始在跑道上彈跳之際，就覺出事情不對頭了！那時候，正是高翔在控制室中發出「啊」地一聲，但接著又以為那是許氏兄弟在作進一步驚險表演的時候。

但木蘭花卻知道不是，因為她知道，任何驚險的空中表演，只能在空中進行，沒有人可以在飛機著陸時玩任何花樣的。

但是木蘭花在家中，她無法在當時將她的看法告訴任何人。

而接著發生的事，從機輪的支架斷裂，到飛機猝然停了下來，其間只不過是幾十秒鐘的事。木蘭花在電視螢光幕上看到，那小半截在岩石上撞碎了的機翼，化為無數碎片，就像是岩石上，忽然飛起了一群金光閃閃的蝴蝶一樣。

這實在太意外了，這種突如其來的意外，使她忘記了頭痛，而集中注意力，在看著事情的變化。

木蘭花看到救護車和救火車疾駛向停著不動的飛機，飛機的艙門仍然緊閉著，接著，一輛警車以更高的速度駛向飛機，直駛到飛機的旁邊停了下來，高翔自車中直跳了出來。

直到這時，才又聽到評述員的聲音。

評述員的聲音在微微發著抖，說道：「不知道出了什麼事，現在，各位可以看到，警方的高主任已經趕到，救護人員也全下了車——他們正在合力要打開機艙的門——」

木蘭花看到六七個人爬上了傾側的飛機，包括了高翔在內，高翔在揮著手，看來正在大聲高叫，但是木蘭花卻聽不到他在叫些什麼。

機艙的門打開了，高翔首先鑽進去。

這時候，人群從四面八方奔向跑道的盡頭，有的是觀眾，有的是記者，有的是警員，警車一輛接一輛駛到，警員自車上跳下來，在飛機的附近，迅速地圍成了一個圓圈，阻止人們接近。

木蘭花的心情也緊張至極，她看到高翔進了機艙，機艙之中一定有什麼意外發生了，不然，飛機不會發生意外的。

可是，發生在機艙中的，究竟是什麼意外呢？木蘭花卻不知道！

只見高翔進了進艙之後，不到半分鐘，就轉身走了出來。

在他出來的時候，電視攝影機的鏡頭恰好對準了他，是以他的神情在電視螢光幕上可以看得十分清楚，而當木蘭花看到高翔那種神情之際，她不禁陡地吸了一口氣！

她從來也未曾見過高翔的臉上，出現過如此吃驚的神色過！

高翔一出機艙，立時拉下了艙門，這時，大會的主持人，主要的工作人員，也來到了飛機旁，高翔在和他們講著話，木蘭花又看到，穆秀珍、雲四風、安妮也趕到了飛機的旁邊。

高翔一面在講著話，一面他臉上的那種驚恐的神情，一點也沒有減輕。

木蘭花仍然不知道在機艙內究竟發生了什麼事，但是，從高翔的神情上就可以知道，那一定是意外之極、嚴重之極的事！

木蘭花不在現場，她除了在電視螢光幕上，繼續注視事態的發展之外，沒有別的辦法可想，只見許多高級警官聚在高翔的身邊，幾個救護人員抬著擔架奔了過來，一起登上飛機。

三個人被抬下來時，連頭帶腳，都被蓋上了白布。

木蘭花的心陡地向下一沉。

許氏三兄弟死了！

如果不是他們三個人已經死了，決計不會在抬他們下來的時候，將他們連頭帶腳一起蓋住的。

這實在太可怕了，在幾分鐘之前，還在作著如此精彩的表演，在全市過百萬人的注視之下飛行的三個人，忽然變成了三具屍體！

木蘭花看到救護人員將蓋著白布的許氏三兄弟，一起抬上救護車，救護車發出警號，衝開人群，向前疾駛而出，而電視畫面突然中斷，只聽到評述員的聲音：「各位注意，大會主持人宣布，由於傑出的飛行家，許氏三兄弟意外喪生，是以大會以下的節目全部取消！」

電視接著播送出來的，是致哀的音樂，木蘭花仍然呆呆地坐在床上。

許氏三兄弟果然死了！

木蘭花甚至可以肯定，他們的死，一定極之離奇，不然，高翔不會感到如此之震驚！

但是，究竟他們三人是怎麼死的呢？

木蘭花從來不是心急的人，這時，她卻急於想知道進一步的真相。

她知道，高翔作為警方的高級負責人，在那樣的情形下，不知有多少事要做，她也知道，安妮或是穆秀珍一定會打電話向她報告經過的。

木蘭花甚至將手放在床頭的電話聽筒上，她的估計沒有錯，不到一分鐘，電話鈴聲突然響了起來，木蘭花也立時拿起了電話。

木蘭花在拿起了電話之後，就聽到穆秀珍嚷叫道：「讓我來說！」

木蘭花立時道：「誰說都是一樣，先回答我一個問題，他們三人的死因是什麼？」

穆秀珍大聲道：「謀殺！」

木蘭花呆了一呆，道：「絕無可能！飛機上只有他們三個人，誰殺他們？」

穆秀珍道：「是謀殺。高翔說，他一進機艙，就看到他們三個人，每一個人的背部都插著一柄刀，身子向前伏著，是謀殺。」

木蘭花道：「高翔在哪裡？」

穆秀珍道：「還在維持秩序。」

木蘭花的額上冒著汗，如果這是謀殺的話，那麼，這可以說是世界上最奇特的謀殺了！

她又道：「許氏三兄弟被送什麼地方去了？」

穆秀珍道：「市立第一醫院。」

木蘭花道：「我立即趕到醫院去，你們也去！」

木蘭花放下了電話，自床上一躍而起，她還有點頭重腳輕之感。可是，發生了如此離奇的怪事，她的疾病也只好拋到一邊了！

她匆匆地換好了衣服，離開了屋子，駕進車，直向醫院駛去。

2 特別工作

當她到達醫院的時候，救護車也剛到，好幾個高級警官跟著救護車一起來到，神色都凝重之極。

木蘭花才一下車，一個高級警官就過來扶住她，道：「你不是病了嗎？」

木蘭花道：「的確病了，但還不致於要人扶。」

救護人員打開車門，將許氏三兄弟順次抬了下來。

一個醫院的工作人員奔了出來道：「急救室的一切，都準備好了！」

幾個警官齊聲道：「不需要急救室，他們已經死了，準備特別間吧！」

救護人員抬著全身覆蓋白布的許氏三兄弟向前走，木蘭花和高級警官們跟在後面，不一會，就進了才一走進就嗅到死亡氣息的特別間。

許氏三兄弟並沒有被從擔架上抬下來，只是連同擔架放在水泥架上。

木蘭花道：「可揭開白布來看看？」

一個高級警官道：「當然可以！」

木蘭花揭開了一幅白布，她首先看到的，是許氏三兄弟的二哥。白布覆蓋下的許氏老二已經死了，那一點，是不用懷疑的了，他的身子是伏在擔架上的，背向上，就在他的後心部分，一柄刀柄露出著，血漬染在銀白色的飛行衣上，看來更加觸目驚心！

木蘭花呆了一呆，略有常識的人都可以知道，不論持刀人的動機是什麼。這種情形，一定是「謀殺」，而不是自殺，因為一個自殺的人，絕不可能將一柄刀，從自己的後心之中插進去的。

木蘭花吸了一口氣，放下了白布，那高級警官望著木蘭花苦笑了一下，木蘭花又來到另一具屍體之旁，再將覆蓋在屍體上的白布揭了起來。

這一次，她看到的是許氏兄弟中的大哥。

許氏三兄弟中的老大，是一個風頭很健的人物，各種社交場合之中，都可以看到他的出現，是以他的面貌，木蘭花絕不陌生。

和老二一樣，老大的背心中插著一柄刀，血漬在傷口的四周圍凝成斑點。

所不同的是，老大的身子雖然伏在擔架上，但是他的臉卻是側轉著的，是以可以看到他臉上的神情。

但是如果想在他臉上的神情上得到什麼線索，那是不可能的。

因為許氏老大臉上的表情，十分正常，十分自然，只有從他睜得極大的雙眼之中，可以看出，他在臨死之前的一剎間，表現了極度的驚異，也可以看得出，他根本沒有機會去想一想究竟發生了什麼事，利刃已然刺進了他的心臟，他也就立即死去了！

老二和老大，兩個人全是在背心中刀的，刀從背心刺進去，那就是說。他們兩人，都是被殺的。

而飛機上只有三個人，老大和老二是被殺的，兇手自然是老三，老三也死了，那麼最大的可能，就是他在行兇之後畏罪自殺了。

如果真的這樣的話，那真是罕見的倫常大悲劇了！

但是，當木蘭花揭起許氏老三身上的白布時，她整個人呆住了！

許家的老三自然也死了，那是木蘭花早已經知道的事。可是，當她肯定了老大和老二是被殺之後，兇手自然落在老三的身上，這是最簡單的推理。

根據這個最簡單的推理，老三的死，不論有多少別的可能，是絕沒有可能也是被殺的。

但是，老三的屍體，卻和他兩個哥哥一樣，伏在擔架上，正背心插著一柄利刀！

老三也是被殺的！

木蘭花在剎那間感到了一陣昏眩，她的身子，不由自主搖擺了一下，在她身邊的一個高級警官，連忙扶住了她，道：「蘭花小姐，你的臉色……我看你的病沒有好，我扶你出去。」

木蘭花伸手在自己的額上輕輕按了一下，她也知道自己的病沒有好，她的手心是冰冷的，而她的額頭卻是滾燙的。

她緩緩點了點頭，那高級警官攙扶著她，走出了陰氣森森的特別間。

木蘭花和那警官才一出了門，就聽得走廊的另一頭，有人在大聲問：「蘭花姐在哪裡？」

那正是穆秀珍的聲音，穆秀珍一面問，一面彷彿還在和人吵架，她大聲道：「不行！不行！你們這許多人都要跟我進去的話，連我也不去了！」

隨著穆秀珍的叫嚷聲，另一個顯然是警官的聲音，也提高著聲音在道：「對不起，各位記者先生，在未曾接到上司的命令之前，我不能讓各位進去！」

接著，又是許多嘈雜的人聲，自然那是已趕到醫院的許多記者，都希望得知許氏三兄弟在過百萬人的直接、間接的注視下，作如此驚人的空中飛行絕技表演，而又一起死去的消息！

木蘭花在門口略停了一停，已然看到穆秀珍拉著安妮，自走廊的那一端直奔了過來，她一面奔，一面大叫道：「蘭花姐！」

木蘭花想出聲答她，可是只覺得喉頭乾燥得很厲害，幾乎一點聲音都發不出來，她只是軟弱地舉起手來，略揚了揚。

穆秀珍和安妮奔到了她的身前，兩人都呆了一呆，安妮首先失聲道：「蘭花姐，你覺得怎樣？為什麼你臉色那麼難看！」

木蘭花勉強笑了一下，道：「我覺得很軟弱，你們來得正好——」

她講到這裡，略頓了一頓，才道：「你們先進去看看許氏三兄弟屍體再說。」

穆秀珍和安妮兩人互望了一眼，推開特別間的門，走了進去。

木蘭花扶著牆，走出了幾步，在一張長凳上坐了下來。

她抬著頭，對那高級警官道：「我等她們出來就回家，高主任要是來了，我有幾句話請你轉述。」

那高級警官忙道：「請說！」

木蘭花聽到穆秀珍的驚叫聲，不住地自特別間中傳了出來，不禁皺了皺眉，她道：「高主任來了，請他別讓記者來看屍體，只宣布說意外死亡就行了！」

那高級警官點頭答應，這時，穆秀珍和安妮也已從特別間之中走了出來，她們兩人神色，也變得出奇的蒼白。

穆秀珍走了出來之後的第一句話，就道：「蘭花姐！這是怎麼一回事？」

木蘭花閉上了眼睛，長長地吸了一口氣，又吁了出來，道：「我也不知道，快和我回家去，我頭痛得很厲害。」

安妮連忙過來扶住了木蘭花，穆秀珍卻道：「有安妮送你回去就行了，我要在這裡，等高翔來，這件事太古怪了！」

木蘭花也沒有表示什麼別的意見，她在安妮的扶持下站了起來。

那高級警官跟在木蘭花和安妮的身後，一起向走廊外走去。

當木蘭花出現在走廊口的時候，至少有二十個以上的記者一起叫了起來，道：「木蘭花來了！」

接著，便有許多人七嘴八舌地向木蘭花提出各種各樣的問題來。

但是，木蘭花對記者所提的那些問題，卻一個也沒有聽進去，她並不是不想聽，而是這時候，她全身發冷，頭痛得厲害，所有的聲音在她聽來，都只是一陣陣「嗡嗡」的聲響。

她甚至沒有睜開眼來，她也不知道自己是如何出了醫院的，直到上了車子，她才睜開眼來，安妮駕著車，已在回家途中了。

木蘭花仍然沒有說什麼，她頭重得向下墜，像是有無數支尖針，在她的腦中不停地刺著，她幾乎什麼也不能想，然而，她閉上眼睛的時候，許氏三兄弟一個一個慘死的情景，卻次第地在她眼前出現。

她勉力提起手，又在自己的額上按了一下，額頭熱得燙手，她知道，自己的病更重了！

雖然她勉力要使自己保持清醒，但是，當疾病襲上了一個人時，這個人不論多能幹，即便能幹如木蘭花，也不免會支持不住的。

木蘭花只覺得在迷迷濛濛之中，車停了下來，接著，又聽到了安妮連連驚呼。

木蘭花是清楚聽到安妮的驚呼聲的，她也想回答安妮，可是她卻連掀動嘴唇的力量都沒有，她所發出的，只是一片呻吟聲。

以後又發生了一些什麼事，木蘭花幾乎不知道了，她依稀感覺被人家扶下了車，又扶上了床，她在下意識中，想到自己回到家中了，她躺在床上，聽到一些腳步聲，接著，就在極度的軟弱下睡著了。

她做了很多惡夢，當她陡然醒過來之後，只覺得全身都為汗濕透了，但是頭痛卻已不那麼劇烈，她緩緩睜開眼來，才發現自己並不是在家裡，而是在醫院的病房之中，安妮就在她的病床旁邊，躺在一張躺椅上，已經睡著了。

木蘭花轉頭看了看，外面的天色已經黑了下來。她知道，安妮一定是在回家的途中，看到她已然進入了半昏迷狀態，是以將她送進醫院來的。

木蘭花感到異樣的口渴，半轉了身，按了床頭的一個叫人掣。

當護士推開門走進來之際，安妮也醒了過來，木蘭花在她們兩人的扶持下，坐了起來，護士倒了一杯水給木蘭花喝，木蘭花喝了水，才道：「我在什麼醫院？」

安妮道：「一家私人療養院，蘭花姐，高翔哥來過，他說，你病得厲害，應該什麼都不想，靜心養病！」

木蘭花笑了一下，她的笑容，看來也是蒼白無力，她道：「我沒有什麼大病，他還說些什麼，案子有什麼進展沒有？」

安妮卻假裝沒有聽見，轉過身去。整理著插在花瓶裡的一束黃玫瑰。

木蘭花又笑了起來，道：「安妮，告訴我，醫生怎麼說？」

安妮還沒有回答，一個滿頭銀髮的醫生，已然推門走了進來，道：「休息，小姐，你需要絕對的休息！」

木蘭花望著醫生，道：「醫生，如果我的腦子也絕對休息的話，那麼，我就不是養病，而是死亡了！」

醫生笑了起來，而且，突然之間，他有點頑皮地向木蘭花眨了眨眼，道：「蘭花小姐，你對於那三位飛行家之死，有什麼意見！」

安妮陡地轉過身來，叫道：「醫生，別打擾她！」

醫生攤著手，道：「小姐，要木蘭花不思索，這是不可能的事情！」

安妮來到了木蘭花的身邊，扶著木蘭花睡下，木蘭花的精神，看來已好了許多，她居然負責地回答著醫生的問題，道：「很抱歉，我因為完全沒有進一步的資料，是以無可奉告！」

醫生也笑了起來，道：「好，不論你怎麼想，作為一個醫生，我無權禁止也無法禁止，但是在你未曾徹底痊癒之前，我絕不會讓你出院！」

木蘭花也望著醫生，頑皮地眨著眼，道：「醫生，我會逃出去的！」

醫生瞪了木蘭花一眼，又指著安妮，道：「你負責看守她！」

安妮認真地點著頭，醫生離開了病房，天色更黑了，病房中一片朦朧，安妮著亮了燈，又在那張躺椅之上坐了下來。

高翔到療養院裡來探視了木蘭花之後，又匆匆趕回市立第一醫院，在他的主持下，將許氏三兄弟的屍體，送進了公立殮房。

他和穆秀珍兩人才從殮房中走出來，就看到一輛大型豪華房車，駛到了殮房的門口，停了下來。

車一停下，一個身形魁梧，穿著制服的司機先下了車，拉開了車門，恭敬地站著，而從那輛華麗的大房車中，走出一個身形瘦枯，衣著隨便的人來。

那人的身形、衣著，和這輛價值五萬美元的大房車，實在太不相稱了，可是他一下車之後，抬了抬頭，在他瘦削的臉上，卻有著一股傲然的神情來。

這種神情，叫人一看就明白，他不但擁有這輛豪華的大房車，還擁有更多的財富。而且，他的這種神情，也表示他天生是個發號施令的人！

這時，還有好幾個警方的高級人員，是和高翔、穆秀珍一起走出來的。

那中年人才一下車，就道：「誰是負責人？我是許業康！」

高翔、穆秀珍和所有的警方人員一聽到「許業康」三字，一起停了下來。

許業康是本市工商業的鉅子，這一點，還不足以令他們停步，令他們停步的真正原因，自然是因為許業康正是許氏三兄弟的父親！

當他們停下來之後，一齊向許業康望來，高翔和穆秀珍也立時互望了一眼。

在那一剎間，他們兩人的心中，都有一股奇異的感覺，那便是：許業康的臉上似乎一點哀傷的神情都沒有！

一個中年人，事業有了巨大的成就，在一日之間喪失了三個成年的兒子，這簡直不是普通人所能忍受的打擊，一個鐵石心腸的人，就算不嚎啕痛哭，也總該有點哀傷之情的。

可是，許業康的神情嚴肅、囂張，就是不哀傷！

高翔走前一步，道：「我是警方特別工作室主任，高翔！」

許業康展現他靈活的雙眼，打量了高翔幾眼，道：「高先生，你的特別工作室，看來真的有特別工作要做了！」

高翔皺著眉，許業康的神態是異乎尋常的，高翔自然知道他所說的「特別工作」，是指許氏三兄弟的死亡一事而言。

如果是別人這樣說，高翔也不會覺得奇怪，但許業康卻是他們的父親！

高翔立時想到，一個人在過度的哀傷之下，可能會出現反常狀態的，是以他又踏前一步，伸手扶住了許業康，道：「許先生，三位令郎的事，真是太不幸，希望你別太難過！」

高翔在那樣安慰著許業康，許業康已經現出奇怪的神色來望著高翔，他推開了高翔的手，道：「謝謝你，我不會倒下。殺我三個兒子的人，很希望我會哀傷得倒下去，但是我不會，他們無機可乘！」

許業康在那樣說的時候，現出極其堅毅的神色來，高翔怔了一怔，道：「許先生，你那樣說，是什麼意思？」

許業康的身形很矮，他對高翔說話，得抬高頭才行，可是他即使抬高著頭和人說話，也一點沒有自卑感，他道：「那還不明白嗎？高先生，我的三個孩子沒有仇人，不會有人想到要殺他們，殺他們的人，目的是在使我受打擊，好導致我的事業失敗，是我商場上的對手做出這種卑鄙的事情來的！」

高翔一面聽，一面嚴肅地點著頭，他還未曾來得及調查許氏三兄弟的死因，如今許業康提出這一個殺人機動來，至少可以作參考之用。

許業康又道：「我已經有了幾個人的名單，這幾個人是嫌疑最大的人！」

高翔又點著頭，道：「你要不要先去看看他們的屍體？我已下令進行解剖了。」

許業康點頭道：「當然要，但是你難道不要聽聽我心中想到的是那幾個人？」

高翔轉身，陪著許業康，又一起走進殮房去，穆秀珍等人跟在後面，高翔順口說道：「好的，有哪幾個人，你說來聽聽！」

許業康提高了聲音，他的聲音聽來很有點尖銳，他道：「頭一個，就是雲四風，這個完全不照傳統規矩做生意的人，最有可能是凶手！」

許業康這句話一出口，高翔首先停住了腳步，穆秀珍則已忍不住發出了一下憤怒的叫聲，甚至緊握著拳，揚起了手來。

看來，如果不是高翔立時將身子擋在穆秀珍面前的話，許業康的臉上已經挨了穆秀珍的一拳了。

高翔一面向穆秀珍使著眼色，一面道：「許先生，這件事十分嚴重，你是不能憑空指責人的。」

許業康大聲道：「怎麼不能，我是在提供線索，好讓警方進行調查！」

高翔皺著眉道：「我們會調查的，但是現在，別再討論這個問題好不好？」

高翔一面說，一面拉著穆秀珍走開，雖然在他離開的時候，看到許業康的臉上現出十分不滿意的神色來，他也顧不得了。

在他和穆秀珍走開之際，許業康在幾個警方人員帶領下，走進殮房去。

穆秀珍憤怒未息道：「高翔，你為什麼攔住我。不讓我一拳將他的鼻梁打斷？」

高翔苦笑了一下，道：「就算打他十拳，又有什麼用？」

穆秀珍悻然道：「難怪四風從來不出口傷人的，一提起他，就叫他老狐狸，在商場上不擇手段的就是他，你看他，三個兒子死了，他像是若無其事，這種人，簡直就是冷血動物！」

高翔又嘆了一聲道：「秀珍，這件事實在太奇怪了，我要將許業康請到警局去，和他詳細地談一談，你……還是——」

穆秀珍瞪著雙眼，道：「你不見得會相信他的話，有人為了害他，而殺了他三個兒子的吧？」

高翔道：「也有這個可能！」

穆秀珍「哼」地一聲，道：「高翔，你年紀全倒活回去了，你想想，他這種說法，怎麼能成立？有人要害他，乾脆將他殺死，不是比殺死三個精壯的小伙子，更容易下手得多了！」

高翔一怔，穆秀珍得意地道：「怎麼樣？」

高翔也笑了起來，道：「你說得對，我沒有想到這一點，但是我仍然要和他談談。」

穆秀珍撇著嘴，道：「只管談個夠，我失陪了！」

穆秀珍一個轉身走了出去，她走出殮房的時候，門外又來了許多記者，圍住她來問問題，穆秀珍有點賭氣地道：「別來問我，許氏三兄弟的父親正在裡面，很快就會出來，問他好了！」

穆秀珍在那樣說的時候，絕未曾想到，她這幾句話，會使得記者們得到了資料，全市的幾家大報，就用這些資料，出版了第二次號外。

第二次號外約莫在晚上九時左右發賣，當高翔拿著號外，走進病房時，已是十時左右了。

木蘭花的精神，已好了許多，反倒是高翔，看來又是憤怒，又是沮喪，進來之後，將報紙遞給了木蘭花，道：「許老頭子真是混帳，一口咬定是他商場上的敵人要使他倒下去，所以才對他三個兒子下毒手的！」

木蘭花和安妮一起看著報紙，木蘭花先抬起頭來，道：「人在過度哀傷的時候胡言亂語，也不足為奇！」

高翔搖著頭，道：「他哀傷？蘭花，你沒有見過他，他至少比我鎮定得多，好了，蘭花，你不必為這件事去傷腦筋！」

木蘭花微笑著道：「高翔，你準備從哪一方面著手調查？」

高翔苦笑著，攤了攤手，木蘭花這一句話，真叫他無法回答。

本來，任何一件案子，如何開始調查，從哪一方面著手，是最重要的一點，可是在這件怪案子上，高翔就是找不到頭緒。

木蘭花的聲音很柔和，她道：「高翔，我看最主要的一點，是先查出凶手是用什麼法子下手！」

高翔的笑容更苦澀，他道：「這就是一個要命的問題了，你看過他們三個人的屍體，自然知道他們三個人都是被殺的！」

木蘭花和安妮兩人，一起點著頭，表示同意高翔的這個說法。

高翔又道：「而那架飛機上，根本只有他們三個人，絕沒有另一個人！」

木蘭花揚著眉，道：「有無可能有一個人，事先藏在飛機之中？」

高翔雖然對整件案子還茫無頭緒，但是這一點，他卻是可以肯定的，是以他立時斬釘截鐵地道：「絕對沒有可能！」

他略頓了一頓，又補充道：「出事的時候，他們的飛機還在半空之中，一定是在飛機快要著陸的時候，他們才死去的，所以飛機在著陸的時候，才會直衝向跑道盡頭，幾乎撞到了山！」

木蘭花點頭道：「我在電視上看到這情形了。」

高翔道：「有上百萬的人看到這情形，我立刻趕到，幾十個警方人員立時趕到，機艙打開，我看到了三個死者，第四個人在那樣的情形下，除非他會隱身法，否則是絕無離開的可能的！」

木蘭花的手指在床單上輕輕地敲著，道：「當時機艙中的情形怎樣？」

高翔道：「他們三人全死了！」

木蘭花道：「我的意思是，他們三人的位置怎樣，姿態怎樣？」

高翔道：「老二坐在正駕駛位上，身子伏向前，頭抵在儀板上，背上插著刀，老三坐在老二的旁邊，和老大擠在一張椅子上，老大是從另一架飛機上，爬著機翼進機艙去的。」

木蘭花點著頭，並不出聲。

3 神秘之幕

高翔繼續道：「他們兩人的身子也向前傾，老大的手，正搭在老三的肩上，他們的背後也都插著刀！」

高翔說到這裡，安妮突然叫了起來，道：「這是不可能的！」

木蘭花和高翔一起向安妮望去，安妮繼續道：「他們三個人，全是背後中刀，他們坐在飛機上的時候，一定是背靠著椅背的，他們總不見得會特地俯下身去，好讓人在他們的背上刺進刀去！」

木蘭花點頭道：「安妮的說法很有理，高翔，你有什麼解釋？」

高翔苦笑道：「我什麼解釋也沒有，我只不過是在敘述當時我所看到的情形。」

木蘭花皺了皺眉，道：「機艙中，當時還有什麼值得注意的事？」

高翔道：「沒有了，那種小型飛機，你也知道的，機艙能有多大？一眼就可以看得清清楚楚，我可以肯定，絕沒有別的人！」

木蘭花眉心的結更甚，道：「也沒有他們三個人曾經打鬥過的跡象？」

高翔苦笑著道：「絕對沒有，事實上，他們三兄弟剛進行了一項極度驚險的高空表演，這種表演，一定要精誠合作，才能做得到。」

木蘭花嘆了一聲，像是自言自語地道：「那麼，他們是如何致死的呢？」

安妮也低聲道：「蘭花姐，我認為應該說，凶手是如何下手的才對。」

木蘭花道：「兩種說法是一樣的，你不必在這裡陪我，去找五風！」

安妮睜大了眼，望著木蘭花，一時之間，不知道木蘭花這樣對她說是什麼意思。

木蘭花又道：「那架飛機，一定還在原地，在警方的看管之下，是不是？」

高翔道：「是！」

木蘭花道：「我要雲五風去檢查一下，作極其詳盡的檢查，看看飛機之中，是不是有什麼特殊的裝置。」

高翔道：「你在懷疑什麼？懷疑機艙之中有什麼特別的裝置，可以射出三柄飛刀來，恰好射中他們三個人背心？」

木蘭花道：「也許。」

高翔道：「就算有這樣的裝置，她們三兄弟也斷沒有俯下身讓飛刀射進他們背部之理，安妮已經指出過這一點了！」

木蘭花微笑著，道：「不論怎樣，再叫五風檢查一下，總是好的！」

高翔攤了攤手，說道：「當然，不過，許業康卻指責雲氏機構的負責人就是凶手！」

木蘭花冷冷地道：「別理他，我看他的神經有點不正常！」

安妮已經撥通了電話，雲五風答應立時到醫院來接她。

高翔在躺椅上躺了下來，道：「蘭花，我今天不回去了，在這裡陪你。唉，在那架小型飛機快要著陸的時候，究竟曾發生過什麼事，怕只有他們三兄弟才能知道！」

木蘭花望著高翔道：「怎麼啦，從未見過你那麼悲觀，我們還未展開調查呢！」

高翔道：「我根本無法展開調查！」

木蘭花閉上了眼睛，像是在自言自語，道：「有的，我相信五風會有收穫。」

木蘭花相信雲五風對飛機的檢查會有收穫，可是她卻想不到接著而來發生的意外！

意外是難以預測的，任何人都不能夠的。

雲五風在半小時後走進病房，木蘭花對他說了幾句話，他和安妮一起離去，木蘭花閉上眼，準備休息。

雲五風和安妮向著郊外的公路飛馳，在快到機場之際，他們看到幾輛警車圍在那架飛機的旁邊，負責留守的警方迎了上來，他顯然已經得到了高翔的命令。

雲五風和安妮一起下車，而也就在這時候，意外就發生了！

先是灼亮的一團亮光，突如其來，照耀得人連眼也睜不開來。

在那一團灼亮的光芒突然出現之際，自那架飛機身上冒起的一剎那，每一個人都不知道發生了什麼事，也可以說，每一個人都呆住了。

只有安妮，在那一剎那陡地尖聲叫了起來，道：「快伏下！」

她叫出那三個字，只不過一秒鐘的工夫，而就在那一秒鐘之間，「轟」地一下巨響，震耳欲聾，爆炸的震浪，令接近飛機的幾個警員，整個人就像風箏一樣，向外飛了出來。

安妮一面叫，一面已拉著雲五風，兩人一起迅速地伏了下來。

他們恰好伏在他們的車旁，但是爆炸的烈浪，所帶過來的那一股灼熱的空氣，還是幾乎令他們窒息了過去。

雲五風想向外滾去，但是安妮卻緊緊拉住了他。就在那一剎間，許多灼熱的碎片四下飛舞，整架飛機不見了，飛向四面八方的碎片幾乎每一片都帶著火和尖銳的呼嘯聲。

安妮和雲五風兩人緊貼著車身伏著，碎片在他們的頭頂之上呼嘯而過，真像是世界末日一樣。

那是極其可怕的幾分鐘，等到一切都靜下來時，雲五風首先躍了起來，在飛機旁的兩輛警車，已經被爆炸的力量震到了岩石邊，撞得不成樣子。

雲五風的車子離飛機雖然遠，但是車子的玻璃也全碎了，而且，車身上多了許多凹痕，那全是那些碎片撞出來的痕跡。

本來，機身金屬的鋁，硬度是遠不及車身的鋼，但是由於飛機碎片濺出來的高速，所以，有幾個凹痕幾乎將車身洞穿了！

而最可怕的是，在一切聲響過去之後，變成了極度的寂靜。

所有的警員全躺在地上，而沒有一個發出呻吟聲來，那是因為他們已經不能發出任何的聲響——他們全在突然來的爆炸中死了。

安妮也站了起來，她緊抓著雲五風的手背，神色蒼白得極其可怕。

足足過了好幾分鐘，他們兩個人才有再開口的勇氣，雲五風道：「快通知高翔！」

安妮點點頭，雲五風的車中並沒有無線電通訊設備，是以安妮走向警車，從扭曲的車門中探進頭去，無線電通訊設備還可以使用，她叫通了警局，值日警官找到高翔。

安妮將剛才發生的情形略略一說，高翔的聲音聽來很嘶啞，他只說了三個字：「我就來！」

安妮自警車中縮出身子來，和雲五風一起站在汽車邊等著。

那突如其來的爆炸，其破壞力如此之徹底，所以那架飛機完全變成了碎片，其中最完整的部分，只是機尾的方向舵而已。

二十分鐘之後，好幾輛警車和救護車一起駛到，可是留守的警員和警官全已殉職了，沒有一個倖免，救護人員抬上了車，立即駛走。

高翔的臉色鐵青，幾個爆炸專家已經開始在地上拾起碎片來研究。

高翔吸了一口氣，道：「你們一到，爆炸立即發生？」

安妮點著頭，說道：「是，我們才下車，幸而我們就在車子旁邊，而且立時伏了下來，有我們的車子擋著我們，要不然——」

天氣並不冷，但是安妮說到這裡，還是忍不住打了一個寒噤，因為事情實在太可怕了，當時他們要是離開了車子幾步，或者是慢了一秒鐘伏下來，那麼，唯一的結果，就是他們都會和殉職的警員一樣了！

那真正是生死一線的關頭，在當時，或許還不覺得怎樣，但是在事後，再夠鎮定的人，心頭也是免不了要泛起一股寒意的。

高翔重重地頓著足，道：「我真糊塗，我竟沒有先派人檢查飛機，只不過派人留守著！」

雲五風和安妮兩人，卻沒有說話。

他們是受了木蘭花的囑咐，來檢查這架發生神秘凶案的飛機的，但是，現在飛機已經不存在了。

這件神秘的凶案，原本只有一層神秘的幕，但現在，卻是籠罩在雙重的神秘之幕下面了！

高翔深深地吸著氣，兩個爆炸專家，手中都持著比較大的碎片，來到了高翔的面前。

高翔自其中的一個手中，接過一片碎片來，碎片的邊緣全都捲了起來，是由內向外捲的。

高翔只看了一眼，便道：「爆炸是由飛機內部發生的？」

兩位爆炸專家一起點頭，道：「是的，而且，爆炸的力量極其驚人，相當於近千磅的烈性炸藥！」

高翔揮著手，他的心十分亂，在這樣的情形下，他揮手的動作，實在是一種沒有意義的動作，只不過表示他心中的煩躁而已。

兩位爆炸專家向後退了一步，高翔又苦笑著，道：「還能不能獲得進一步的資料？」

兩位專家一起搖了搖頭，道：「破壞得太徹底了，簡直不可能再找到什麼資料了！」

高翔長嘆了一聲，向雲五風和安妮望來，在車頭燈的燈光之下，安妮可以清楚地看到，高翔的雙眼中佈滿了紅絲。

她緩緩搖著頭，道：「高翔哥，你也該回家休息一下了！」

高翔攤著雙手道：「這樣的情形，我怎能休息？」

安妮苦笑著道：「我看你再支持下去，就會和蘭花姐一樣，結果是躺在醫院裡強迫休息！」

高翔望著安妮，好一會沒出聲，他胸中的思緒十分紊亂，但是在那一剎間，他也可以覺得出來，安妮講話的語氣和以前不同了。

高翔看安妮和瘦長的雲五風，幾乎差不多高，安妮長大了！她已經大得有足夠的主意，來勸他休息了。

高翔又無奈地攤了攤手，道：「好，我們先回去再說！」

一個警官正向高翔走來，顯然，他是來接受高翔的指示的。

高翔沉聲道：「再多調些人來，將所有的碎片一起拾起來，不管碎片多與少，都不可錯過。」

他講到這裡，略頓了一頓，才又向那兩位爆炸專家道：「請兩位連夜工作，明天一早，我需要最詳盡的報告資料，辛苦你們！」

爆炸專家答應著，高翔、雲五風和安妮，一起來到一輛警車之前。

高翔伸手搭在雲五風的肩上，道：「五風，明天上午開會研究爆炸的情形，你和安妮是目擊證人，希望你能來參加！」

雲五風抿著嘴，點了點頭。他自己的車子，就算機件沒有壞，也不能移動，因為專家要從破裂的玻璃上來計算爆炸發生時所發生的力量。

送雲五風回家之後，高翔獨自到醫院去，安妮是一個人回家的。

家裡平時也不見得如何吵鬧，可是當安妮一個人推開門走進去的時候，她卻感到了出奇的寂靜，那種寂靜，形成了一股重壓，令她的心頭產生出一股極不舒服的感覺來。

她在門口略停了一停，著亮客廳的燈，在沙發上坐了下來。

她勉力使自己靜下來，以便好好地想一想。

她並不以為自己有能力，以及在毫無頭緒的情形下，可以揭露許氏三兄弟神秘死亡之謎，但是，她卻知道，不論擺在面前的神秘之幕多麼濃，多麼厚，如果不想，一定永遠無法將之揭開，只有不斷地思索，才能夠將這個難解的謎解開。

許氏三兄弟是死於謀殺的，安妮先肯定了這一點。

接下來可以立即肯定的是，一定有凶手。

這是合理的一定公式，就像是許多數學公理一樣，是不會有變的。

安妮有了第一層推理的結果，這個結果是：

有凶手。

安妮順手拿了一張紙，將這一點記了下來。

接下來思索的，是凶手用什麼辦法，在幾乎不可能的情形之下行凶的，這一點，安妮的腦中一片空白，一點也想不出來。

於是，她又寫了一個「B」字，在這個「B」字之下，她打了一個問號。

可是，她卻可以肯定，如果那架飛機還完好地存在的話，那麼，在她和雲五風詳細的檢查之下，一定是可以肯定有所發現的。

她之所以肯定這一點，第一，是由於木蘭花也想到了這一點，是以才特地找雲五風來檢查的。

第二，是由於飛機突然因爆炸而毀滅。

一架停了許多時候的飛機，是絕不會無緣無故爆炸的，唯一的可能，是有人要將可能被發現的秘密毀滅，那個就是凶手！

安妮又在紙上記下了第三點，凶手在飛機中留有巨大的秘密，為了消滅這個秘密，是以炸毀飛機。

但是，凶手是用什麼方法炸毀飛機的呢？

安妮輕輕地咬著鉛筆，這一點，和她剛才列下的「B」點一樣，暫時還是一個不可解的謎。

安妮輕嘆了一聲，又在紙上寫下了一個問號。

然後，她不禁想，如果自己早到一小時，或者已經在飛機中找到什麼了，可是事情就是那麼巧，飛機的爆炸，恰好是發生在她和雲五風到達的一剎那！

安妮一想到這裡，不禁挺了挺身子。

她的推理思想方法，是在木蘭花的嚴格訓練和影響下漸漸成熟的，木蘭花曾告誡過她，說是唯有最懶的，不肯用腦的人，才會不去動腦筋將問題作深一層的思索和發掘，而一律委諸「巧合」。

那架飛機在機場上已停了數十小時，為什麼早不爆炸，遲不爆炸，就在她和雲五風趕到的一剎間，就發生了爆炸呢？

這真是「巧合」麼？

安妮一想到這裡，只覺得心血沸騰。

她向自己已經記下了幾個要點的那張紙看了一眼，她曾在第三點上，肯定凶手在飛機中留下過什麼秘密，所以才要將飛機毀去。

那麼，凶手為什麼不立時將飛機爆炸呢？

在出事之後，凶手不會有機會再進入飛機，放置炸藥，因為警方人員不分晝夜，嚴密看守著那架飛機，那麼，留下來的唯一可能，就是炸藥是早已放在機艙之中的。

烈性炸藥要造成那麼巨大的破壞力，不必要有很大的體積，高翔未曾想到這一點，所以未曾注意到，那是很合情合理的事。

安妮覺得自己的推測並沒有錯，可是，問題又來了，凶手為什麼不當時就使爆炸發生？

如果在許氏三兄弟還在空中飛行的時候，飛機忽然爆炸，一樣可以殺死他們三兄弟，而且還一點不留痕跡，可是，凶手為什麼要在許氏三兄弟的背後，各插上一刀？

再進一步想下去，凶手在事情發生之後，為什麼也一直不毀滅飛機，一直要到雲五風到達時，才令飛機發生爆炸？

安妮想到了這兩個問題，對於這兩個謎，她目前還無法解答，可是，如此深思熟慮的結果，卻使她得出了一個令她驚喜得不由自主地發出了一下低呼聲來的結論！

她得到的結論是：凶手一定是運用了遙控裝置，來使得飛機發生爆炸的。

從這個結論中引申開去，使她更得到了第二個更驚人的結論：那便是，凶手知道她和雲五風前去的目的！

凶手知道她和雲五風會去檢查、搜索那架飛機，可能還只是憑推測知道的，但是凶手一定知道她和雲五風到達了飛機的附近，這一點，絕非推測所能得到的！

安妮站了起來，一面咬著指甲，一面來回踱步。

凶手若要知道這一點，只有兩個可能性。

第一個可能是：她和雲五風的行動，事前洩漏了消息。

但是安妮立時否定了這第一個可能，因為木蘭花是在醫院中做出這個決定的，雲五風到了就走，其間絕無消息洩漏的可能，而且，消息洩漏，飛機爆炸，在時間上，也不能配合得如此之緊密。

那麼，只剩下唯一的可能了！

唯一的可能是：凶手看到她和雲五風的到達！

一想到了這一點，安妮的心頭不禁怦怦亂跳了起來，這是一個極其重要的發現！

這個重大的發現，一直到現在為止，還只是安妮憑推理而在毫無頭緒下得出來的結論，但是安妮立時想到，她可以憑行動來證實她的推理結論。

她停了下來，這時，雖然她的眼睜得很大，但是事實上，她眼前有點什麼，她卻什麼也看不見，因為她正集中一切力量在思索著。

她想到，凶手如果是看到她和雲五風到達的話，那麼，必然是在這個機場附近。

自然，凶手可以利用望遠鏡，但是相距也絕不會太遠，唯其如此，遙控的引爆才能取得最佳的效果。

安妮無法憑記憶來想起那機場的附近有什麼屋子，可是她只要再到那機場去，就一定可以有結果的！

安妮立時走到電話旁，她最先撥了醫院的號碼，可是，只撥到一半，就放下了聽筒。

在那一剎間，她想到，自己獨自一個人對如此神秘複雜的事作推理，還是第一次。

雖然她很有自信，但是，任何推理都只不過是推理，而不是事實。

安妮本來是想打電話給高翔的，可是她又立時想到，如果自己的推理並不正確，那麼，豈不是要累得高翔白走一次？

她將手按在電話上，又想，是不是要告知穆秀珍或者是雲五風。可是她又立即打消了這個念頭，她決定自己一個人去！

她立時上了樓，她當然先要假定她自己的推理是正確的，那就是說，凶手可以看到她第一次的到達，一定也可以看到她這一次的到達。

是以她換上了一條工裝褲，將頭髮束在一起。

她又帶了一具紅外線望遠鏡，在拉開抽屜的時候，她又看到了在望遠鏡之旁，木蘭花的那把可以發射麻醉針的小槍。

木蘭花曾經十分嚴厲地警告過安妮，絕不准她隨便使用武器，是以安妮在伸手去取那柄麻醉槍的時候，略微猶豫了一下。

但是她還是將槍取了，然後就下了樓，駕著摩托車，直向前駛去。

這時，夜已深了，郊區的公路上很靜。安妮的車速十分快，勁風迎面拂來，使她的頭腦更清醒。

她一面駕著車，一面將她在一小時之內想到的一切，全都再想了一遍，直到她來到了機場。

許多警員，正在探射燈的照耀之下，在拾著爆炸的飛機碎片。每一塊碎片，都先交給專家過目，編號，然後放進箱子之中。

負責這件工作的警官，看到安妮去而復回，覺得十分奇怪，連忙迎了上去，道：「安妮小姐，可是高主任又有什麼吩咐麼？」

安妮微笑著，搖著頭道：「不是，我是自己來的，我忽然有了一個想法，你管你的工作，別理我！」

那警官聽得安妮這樣說，點著頭，走了開去。

安妮在一輛警車之後站定，取出望遠鏡，四面看著。機場的東、西、南三面，都是平地，雖然在林木的掩映之間，也可以看到一點房子，但是看到的，都是屋頂。

那也就是說，在這些屋子中，有人要看到她和雲五風的到達，就必須爬上屋頂。

這似乎不大可能，因為引致爆炸的那人，若不是一直在觀察著的話，時間上的配合一定不會如此緊湊。

安妮轉過了身子，向北面望去。

北面不遠處就是山，安妮首先在望遠鏡中看到的，就是一幢乳白色的，在月光下猶像仙境一樣的一幢小洋房。

那幢小洋房，建築在半山的一個石坪之上。

在北面的山上，自然不止只有一幢房子，但是，最直接面對著機場的，卻只有這一幢！

安妮的心又跳了起來，她深深地吸著氣，將身子躲在警車後面，繼續觀察著。

那幢房子的一樓，有一個窗口還有燈光透出來，可是燈光很微弱，每一個窗子，都遮著厚厚的窗簾，在望遠鏡的紅外線作用之下，安妮甚至可以看出，窗簾的花紋是織錦的花紋。

安妮看了十分鐘左右，並沒有什麼特別的發現，她放下望遠鏡，皺著眉。她的推理，已得到了初步的證實，果然有一幢屋子，是可以直接看到飛機停留之處的。

而她的推理，如果要得到進一步證實的話，唯一的辦法，就是到那屋子裡去。

安妮咬了咬下唇，她自然知道，那是一項相當冒險的行動，但是，她必須那麼做。

4 新的變化

她轉過身，走向她駕來的摩托車。

那位警官又走了過來，道：「安妮小姐，要走了？」

安妮並沒有和那位警官多說什麼，只是點頭笑了一下，駕著摩托車，向前直駛而去。

她駛出了機場，轉向北，找到了上山的路，然後，一直將車子向山上駛，摩托車在寂靜的山路上，發出了驚人的聲響來。

安妮在離開那幢屋子大約還有三百碼之遙時，就停下了車，又取出望遠鏡來觀察著。

剛才，她看到的，是那幢屋子的正面，而這時她看到的，是這幢屋子的側面。

屋子中只有一個窗口有光透出來，安妮可以肯定，那就是同一個房間，方向不同的兩個窗戶。

山路上十分靜，安妮看了半晌，一點發現也沒有，她吸了一口氣，開始向上直走。

山路有一段相當斜，安妮一直靠著路邊走著，那樣，她可以藉著路邊樹木而遮掩她自己。

她步行了十分鐘，已經來到那幢屋子的圍牆之旁了。

當她貼牆站立之際，她先聽到了一陣犬吠聲，當她攀上牆頭之際，犬吠聲更加劇烈，安妮只在牆頭露出眼睛，向裡面望去。

裡面是一個相當大的院子，安妮先看到一個車房，停著兩輛很名貴的房車，在車房前，兩條大狼狗正在向著她狂吠著。

安妮在想，狼狗再這樣吠下去，除非屋中沒有人，要不然，一定會將人驚動的。

當她正考慮自己是不是要先用麻醉針來對付這兩條狼狗時，已然看到一個身形高大的男人，走過車房來。

那人一出現，兩頭狼狗吠得更是劇烈，那人叱著狗，抬頭四面看著。

安妮看得很清楚，那男人的臉狹而長，是一種具有冷酷性格的人特有的臉，那人正現出十分疑惑的神色來，四面看著。

他好像已經發現了安妮的藏身所在了，因為他最後將目光停在安妮露出雙眼的牆頭之上。

在那樣的情形下，安妮已無可選擇了，除非她放棄一切，狂奔下山！她自然不打算放棄，是以，在那男人目光停留不動之後，安妮一手攀著牆頭，支持著身子，一手掣出了麻醉槍，連射了三槍。

她可以看到，當麻醉針射中那男人的臉頰，那男人伸手向他自己的臉上摸去的時候，臉上現出極其怪異的一股神色來。

但是，那男人根本沒有碰到他自己的臉頰，身子一側，就向地上倒了下去。

而兩頭狼狗在中了麻醉針之後，只不過又吠叫了半聲，也滾跌在地。前後不過是幾秒鐘時間，一切又恢復了寂靜。

安妮的心情很緊張，可是在等了一分鐘，未見再有人出來之時，她翻過了牆頭，跳了下來。

這幢屋子之中，可能只有那男人一個人。

安妮先奔到那男人的身邊，只見那人穿著相當名貴的真絲睡衣，安妮略停了一停，就轉過了車房，推開了門，走進了屋子。

當安妮走進屋子的一剎那，她的心情既緊張、又興奮，因為，她的推理是不是正確，在不到半小時之內，就可以有答案了！

高翔來到醫院，走進病房，木蘭花已經睡著了，高翔就在病床旁的躺椅上，躺了下來。

他實在太疲倦了，雖然他心中亂得一點頭緒也沒有，而且，他急於要和木蘭花說說飛機突然爆炸被炸毀的事，但是躺下之後不多久，他也睡著了。

高翔並不知道自己睡了多久，他是被一陣急促而硬壓低了的聲音吵醒的，雖然他的睡意還很濃，但是他還是一聽就可以聽得出，那是穆秀珍在說話。

穆秀珍在道：「怎麼，高翔回來之後，沒有和你說起過這件事？」

接著，便是木蘭花的聲音，木蘭花說：「我也不知道他是什麼時候回來的，那時，我一定是睡著了，而他又不想吵醒我。」

穆秀珍又道：「我一接到五風的電話就趕來了，蘭花姐，叫醒他問問，五風說不明白！」

高翔聽到了這裡，心中暗嘆了一聲，穆秀珍接到雲五風的電話，就趕到醫院，那就是說，他睡了只不過半小時左右而已。

高翔睜開眼來，道：「不必叫，我已經醒了！」

他一面打著呵欠，一面起身坐了起來，而穆秀珍已然轉過身，問題像連珠炮一樣發了出來，道：「五風說，那架飛機忽然爆炸了，炸死了很多警員，這是怎麼一回事？」

高翔搖頭道：「我不知道。」

高翔向木蘭花望了一眼，才又道：「五風和安妮是目擊者，我已請爆炸專家連夜工作，明天一早，就可以多少知道一些資料了！」

穆秀珍在病房之中簡直是跳來跳去，而不是走來走去，她一面不住動著，一面道：「太古怪了，為什麼早不炸，遲不炸，偏偏他們兩人一到就炸，我看飛機上一定有古怪！」

穆秀珍總算停了下來，但是她又立時望定了高翔，道：「你太疏忽了，怎麼沒想到當時就檢查飛機的機艙？你說機艙中什麼可疑的東西也沒有，現在證明，至少有著炸藥！」

高翔嘆了一聲，道：「是，是我的疏忽，但是凶手的目的是殺人，許氏兄弟全死了，我也不會想到，凶手還要炸掉飛機！」

穆秀珍道：「毀滅證據，機艙之中，一定有著凶手行凶的證據！蘭花姐，你說是不是！」

木蘭花半躺在病床上，一直只是皺著眉，一句話也不說，直至穆秀珍這時問她，她才無可無不可地點了點頭，卻仍然不表示意見。

穆秀珍又道：「現在可完了，什麼證據也找不出來了，唉，真糟糕！」

穆秀珍在說到「真糟糕」之際，連連頓著腳。

木蘭花坐了起來，道：「別頓腳，這裡是醫院，樓下還有病人睡著！」

穆秀珍瞪大了眼，看她的樣子，還像是老大不服氣，她立時道：「蘭花姐，這個凶手，簡直是向全世界在挑戰，你難道就這樣算了？」

木蘭花道：「我並沒有說就這樣算了啊！」

穆秀珍道：「可是你卻躺在醫院裡，什麼事也不做！」

高翔皺著眉，道：「秀珍，你怎麼了，蘭花有病，你不是不知道！」

穆秀珍攤著手，有點抱歉地道：「真對不起，我性子太急了，但是我們至少可以動動腦筋！」

木蘭花微笑著，道：「當你真正想動腦筋的時候，你必須先令自己鎮靜下來，像你那樣急躁跳著，能動出什麼腦筋來呵？」

穆秀珍嘆了一口氣，坐了下來。

木蘭花向高翔望去，高翔道：「我趕到現場的時候，那架飛機已經成了碎片，最遠的碎片，可能在幾百呎之外，五風和安妮沒有死，完全是一種幸運，他們恰好在車子之旁，而且又及時伏了下來，而他們的車子，像是有十來柄槍對著狂射過一輪一樣！」

木蘭花用心聽著，等高翔講到這裡，才道：「那麼，是他們才一下車，就發生爆炸的了？」

高翔點著頭，道：「是那樣。」

木蘭花緩緩吸了一口氣，說道：「他們兩個人去的目的，是要去搜尋飛機內部，而爆炸的發生，顯然是為了要毀滅什麼了！」

穆秀珍道：「可是為什麼剛好他們一下車，就發生了爆炸呢？」

木蘭花說道：「那還用說，當然是放置炸藥之處，同時有著無線電遙控的設備了。」

穆秀珍瞪著眼，道：「那麼，你叫他們前去的消息，怎麼會洩露的？」

木蘭花這一次，並沒有立即回答。

高翔望著她，道：「消息洩漏，似乎不可能，我看——」

高翔講到這裡，略頓了一頓，木蘭花用鼓勵的眼光回望著他，高翔繼續道：「我想，可能控制爆炸遙控裝置的人，是看到他們下車，因而猜想到他們是來搜尋飛機，是以才使飛機爆炸的！」

穆秀珍高興地叫道：「高翔，你分析得對！」

木蘭花道：「這樣分析，還有一個問題，那就是，為什麼對方一定要等到最後關頭，才來毀滅證據，而不及早下手？」

穆秀珍和高翔互相望著，卻答不上來。

這時，高翔、穆秀珍和木蘭花，在醫院病房中，對爆炸事件所作的推理，其過程和結論，和安妮一個人在家中時所作的推理，是完全相同的。

只不過，木蘭花卻提出了這一個最後的問題，而安妮在當時，則根本未曾想到這一點。

穆秀珍道：「你說為了什麼？」

木蘭花皺著眉，說道：「這其中，一定有原因的，但是，我現在也沒有答案。高翔，你不妨和秀珍一起到現場去看看，在飛機停留之處，有什麼地方，是可以直接看到，而又有建築物的，那就值得留意的了！」

穆秀珍直跳了起來，道：「走！」

木蘭花望著穆秀珍，現出了一個無可奈何的神情來。

穆秀珍也立時自己掩住了嘴，道：「我知道了，這裡是醫院，不准大聲叫嚷的！」

高翔笑了起來，道：「總有一天，所有的醫院，都會掛上一塊牌子，寫著：『穆秀珍不准入內！』」

穆秀珍瞪了高翔一眼，已然轉過身，向門口走去。

高翔握了握木蘭花的手，也向門口緩步走出。

當他們兩個人來到了病房的門口之際，忽然，一陣急促的腳步聲疾傳了過來。

穆秀珍雖然心浮氣躁些，但是她和木蘭花在一起那麼多年，反應還是十分敏銳的，她先是陡地一呆，然後，立即拉開了門。

她才一拉開門，就看到門口站著兩個警官。

由於穆秀珍開門的動作實在太突然了，是以舉手敲門的那兩個警官，已揚起來的手，一時之間竟縮不回來。

而這兩個警官，都是神色驚惶，任何人都可以看得出，他們一定是有極重要的事來報告的！

高翔也不等他們開口，就道：「什麼事？」

那兩個警官一起吸了一口氣，叫道：「高主任，我們才接到殮房的報告，那三具屍體不見了！」

穆秀珍失聲尖叫了起來，嚷道：「什麼？」

木蘭花也從病床上，欠身坐了起來。

高翔道：「那三具屍體？」

兩個警官走進了病房，道：「死在飛機上的許氏兄弟，屍體不見了！」

當那兩個警官提及「那三具屍體不見了」之際，木蘭花、高翔和穆秀珍其實都已經知道是哪三具屍體了，可是，這時那兩個警官說出是許氏三兄弟的屍體之後，病房之中，還是一陣寂靜！

高翔和穆秀珍一起向木蘭花望去，他們兩個人的臉上，充滿了茫然的神色。

木蘭花只是抬頭望著雪白的天花板，眉心打著結，一聲不發。

那兩個警官最後先打破沉寂，道：「方局長一接到殮房的通知，就立時找高主任，請高主任立即到殮房去，他已經在殮房中了！」

高翔仍然凝望著木蘭花，說道：「蘭花！」

他只叫了一聲，木蘭花已然道：「你先到殮房去看看情形再說！」

穆秀珍立時道：「我也去！」

可是，她在說那句話之後，又道：「蘭花姐，要是你對這件事有什麼解釋，千萬等我在的時候再說！」

木蘭花苦笑了一下，道：「你去吧！我到現在為止，一點概念也沒有！」

高翔也跟著苦笑一下，向門口走去，當他快走出門口的時候，木蘭花道：「高翔！」

高翔立時停住腳步，轉過身來，木蘭花道：「許氏三兄弟的屍體，一直未曾進行剖驗？」

高翔苦笑了一下，道：「沒有，由於他們的死因實在太明顯了，所以，從醫院運到殮房之後，就一直在冷藏箱中放著，奇怪的是——」

高翔講到這裡，略頓了一頓，木蘭花忙道：「奇怪的是什麼？」

高翔攤了攤手，道：「奇怪的是，他們三人的父親，也不要求將屍體領回去安葬！」

木蘭花皺著眉，又慢慢躺下來。

高翔看到木蘭花這種情形，知道她正竭力思索著，木蘭花現在患的雖然不是什麼大病，但是她卻極需要休息，這樣動腦筋自然無利於病體。

但是，有什麼辦法呢！神秘的、謎一樣的事，不斷地發生，三具屍體竟然失蹤，在這樣的情形下，只怕沒有任何力量可以使她不去思索。

高翔只好嘆了一聲，道：「蘭花，我們到殮房，要注意什麼？」

木蘭花呆了片刻，才徐徐地道：「死人是不會自己離開殮房的，但是要是說，有什麼人，能在殮房中將三具屍體偷出去，那也是不可能的事……」

她講到這裡，略停了一停，才苦笑了笑，道：「你去隨機應變吧，我腦中亂得很。」

高翔明知講了也是白講的，但是他還是叮嚀了一句：「你最好多休息！」

木蘭花像是根本未曾聽到高翔這一句話，她睜著眼，望著天花板。

高翔、穆秀珍和那兩位警官，一起離開了病房，當房門關上之後，病房之中靜得出奇，但是在木蘭花的耳際，卻響著千百種的聲響。

那千百種聲響，彙集成了種種疑問，使她的思緒更繚亂。

病房的天花板雖然是一片潔白，但是在木蘭花看來，也好像在不斷現出種種不斷變換著的圖形！

飛機在跑道上直衝向前，許氏三兄弟的屍體被抬出來，許氏三兄弟的屍體伏在擔架上，背上露著刀柄、滿染著鮮血可怖的情景……

木蘭花已覺得身上在冒冷汗，有天旋地轉的感覺，她這時的健康情形，實在是難以負擔如此沉重的思索的，但是她卻不得不思索下去。

事情還會有什麼發展，木蘭花實在是沒有法子再預料下去，事實上，整件事的撲朔迷離，是木蘭花從來也未曾經歷過的。

直到現在為止，意料不到的變化，一個接一個發生，但是木蘭花卻連最根本的一個問題，都沒有想通，那最根本的問題便是：

三個死者，是在什麼樣的情形之下，被人殺死的？

木蘭花對這個問題，曾經有過一個假設，她的假設是：在那架小型飛機之中，有著某一種機械裝置，這種裝置，可以射出鋒銳的刀來，刺進人的背部，而致人於死——這正是許氏三兄弟的死因。

也是基於這個假設，木蘭花要安妮和雲五風兩人，去詳細檢查這架小飛機的內部。

雲五風和安妮才一來到飛機的附近，猛烈的爆炸，就使得那架飛機成了碎片，什麼也沒有留下！

照飛機離奇爆炸的情形來看，顯然是有人不想讓安妮和雲五風去詳細檢查飛機，那麼，進一步的推論自然是飛機的機艙之中，的確有著什麼特別的東西在！

這一點，和木蘭花那假設倒是吻合的，然而，現在事情又有了新的變化，三具屍體失蹤了！

這使得木蘭花又有了新的想法，她的新想法是，不但有人不想讓人檢查飛機，也有人不想讓警方對三具屍體，作進一步的檢查！

木蘭花在高翔的口中，知道警方因為許氏三兄弟死得太明顯了，是以未曾對之作進一步的檢查，這自然是警方的一項疏忽。

但如果對屍體作進一步檢查的話，又可能有什麼新的發現呢？

木蘭花的腦中十分紊亂，無論她怎麼樣想，別說結論了，連一個頭緒也理不出來。

而她的頭，卻越來越沉重，越來越痛，虛汗也越冒越多，連枕頭都被汗濕透了……

警車直衝到了殮房門口，才作緊急剎車，而車子才一停下，高翔和穆秀珍兩人，便已跳了下來。

殮房前，二三十個警員如臨大敵一樣地防守著。

高翔一下車，所有的警員全向高翔行敬禮，但是高翔卻匆忙得連還禮也不還，就和穆秀珍向內快步奔了進去。

殮房中的氣氛，幾時都是那樣陰森的，雖然這時，警方能幹的工作人員，幾乎全出動了！

方局長正背負著雙手，在踱來踱去，一看到高翔，就站定了身子，向一列鐵箱指了一指。

那一列鐵箱，是用來存放屍體的，其中有三隻鐵箱打開著，高翔和穆秀珍忙走了過去，箱中自然是空的。

高翔只看了一眼，就轉回身來，道：「管理員呢？」

一個頭髮斑白的中年人，立時道：「在！」

高翔揮著手，道：「事情是怎麼發生的，別拖泥帶水，簡單些！」

那管理員的神情很惶恐，或許是高翔的態度太緊張嚴肅，使他吃驚，因為無論如何，他是殮房的管理員，一下子失蹤了三具屍體，他是要負責任的！

他略停了一停，才道：「屍體運到之後，有幾個記者來過，但上頭有命令，不准對屍體攝影，記者也立即走了，這三具屍體，就在這鐵箱中，沒有人動過他們，連凶刀也還留在他們的背上！」

高翔皺著眉，望著那管理員。

那管理員吸了一口氣，又道：「我們依照平常的方法，推上了鐵箱，我一個人當班，我……我……」

高翔厲聲道：「你怎麼樣？」

那管理員道：「我……伏在桌上……打了一會瞌睡……只有一會兒！」他的神情十分尷尬。

高翔「哼」地一聲，道：「一會兒就夠做很多事了！」

那管理員忙道：「高主任，我其實並沒有真正睡著，在半睡不醒的情形之下，我好像聽到了一點聲響，我立時坐直了身子！」

高翔揮著手，打斷了他的話頭，道：「你聽到的聲響是什麼？」

那管理員的臉上，立時現出很恐懼的神情來，道：「是那種藏屍的鐵箱移動的聲音！」

高翔略呆了一呆，仍站在鐵箱旁的穆秀珍，將一個空鐵箱又再拉出來，鐵箱拉出來，發出隆然的聲音，她問道：「就是這種聲音？」

那管理員道：「是，但好像沒有那麼快。」

高翔點著頭，道：「說下去，你直起身子來之後，又怎麼樣？」

管理員望了望局長，神情更是恐懼，道：「我剛才已經對局長說過了，不過方局長斥責我是胡說八道，我……其實我當時的遭遇，真是那樣的！」

方局長沉著臉，冷冷地道：「你不妨對高主任再將你的夢境敘述一遍！」

管理員的神情幾乎像是要哭了出來，他口吃道：「那……不是夢境，方局長，是我實實在在看到的，真的，我並沒有說謊！」

穆秀珍接口道：「你看到了什麼？看到那三具屍體自己坐了起來？」

管理員忙道：「不是，我一轉過身來，我看到身前有一個人，這個人站得離我很近，所以我在一轉過頭去時，鼻子幾乎碰在他的身子上，我沒有看清他的臉，當我想去看清是什麼人時，突然之間，我看到那人，像是一蓬濃煙，我好像……已經離開了殮房，不知在什麼地方，四周圍全是形狀極其古怪的東西，全在動。」

管理員講到這裡，不由自主地喘起了氣來。

高翔、穆秀珍和方局長三人互望了一眼，方局長望著管理員，神情在惱怒之中還帶著鄙夷！

管理員又是緊張，又是激動，雙手緊握著拳，道：「請相信我，我看到的情形是真的！」

高翔搓著手，道：「好，你只管說下去！」

管理員吸了幾口氣，才道：「當時，我心中還是很明白的，我在想：我怎麼會忽然離開了殮房？我在什麼地方？我所看到的那些奇形怪狀的東西，究竟是什麼？我只覺得自己站了起來——」

高翔冷冷地道：「你覺得自己站了起來？」

他在「覺得」兩字上加重了語氣，高翔要如此問管理員，道理很簡單，因為一個人若是在清醒的狀態之下，站起來就是站起來，「覺得自己站了起來」，那樣的說法是不通的！

管理員呆了一呆，卻點著頭，道：「是的，我覺得自己站了起來。」

高翔「哼」地一聲，道：「你還覺得你做了些什麼？」

高翔那樣說，顯然是在諷刺那管理員了。

那管理員哭喪著臉，道：「我還覺得雙手在不斷揮舞，像是想抓住那些奇形怪狀的東西，我好像碰到了什麼，而那兩團濃煙在向外移動，接著，我就什麼也不知道了！」

高翔冷笑了一聲，道：「接著，你就又睡著了！」

管理員的聲音變得很嘶啞，他說道：「高主任，請你相信我，我知道，那不是夢，我剛才所說的經歷，不是我在做夢！」

高翔道：「那麼，你什麼時候發現屍體不見了呢？」

管理員低著頭，神情很痛苦。

高翔只問他以後事情的發展，而根本不和他討論剛才他所說的是不是做夢，那自然是表示，在高翔的心目之中，那是一件不值得討論的事，也就是說，高翔認定了他是在做夢！

管理員低著頭，聲音乾澀地道：「當我再……醒過來的時候，發現三隻鐵箱打開著，許氏三兄弟的屍體，全不見了。」

5 超級魔術

方局長說道：「高翔，你的結論是什麼？」

高翔橫了那管理員一眼，道：「結論太簡單了，他在睡覺，有人進來，進來的那人，弄出了相當大的聲響，但是也未能將他從沉睡中驚醒，只不過由於聲音的刺激，使他做了一個夢，而等到他睡醒之後，來盜屍體的人，已經得手離去了！」

那管理員一直低著頭，當高翔說出結論之際，他曾一度抬起頭來，看他的神情，像是有所抗辯，但是，他終於只是動了動嘴唇，而未曾發出聲來。

方局長道：「不錯，正和我的結論一樣！」

高翔又向在殮房中偵查的人員道：「你們早來了，可有什麼發現？」

偵查人員一起搖頭，道：「沒有，盜屍者做得十分乾淨，一點痕跡也沒有留下！」

方局長來到高翔的面前，道：「高翔，什麼人要盜走許氏三兄弟的屍體？」

高翔自然無法回答這個問題。

穆秀珍也問道：「盜去許氏三兄弟的屍體，又有什麼用？」

高翔一樣沒法子回答第二個問題，他只是緊皺著眉，不住地搓著手。

許氏三兄弟的死，實在太古怪了，而如今，在這個難解的謎上，又生出了另一個同樣難解的謎來！

高翔嘆了一聲，道：「我們聚集在這裡也沒有用，留幾個人看守就行了！」

方局長點著頭，和高翔、穆秀珍一起向外走去。

到了門口，方局長道：「木蘭花怎樣？我想去聽聽她的意見！」

高翔嘆了一聲，道：「她也未必有什麼頭緒，何況，她需要休息！」

方局長嘆了一聲，道：「那我們只好明天再說了！」

高翔的神情極其無可奈何，他只好點了點頭，表示同意。事實上，高翔除了那樣做之外，根本就沒有別的辦法可想！

木蘭花在出了一身冷汗之後，從一個惡夢之中，驚醒了過來。

剛才那惡夢，實在太可怕了，以至她醒了之後，至少在一分鐘之後，才完全定下神來。

當她定下神來時，她倒覺得精神好了許多，她轉頭向窗口看去，朝陽已經升起，木蘭花按了按鈴，一個護士應聲走了進來。

木蘭花欠身坐起，道：「請替我準備一些食物，我覺得肚子餓了！」

護士答應著，木蘭花自己站了起來，護士想過來扶她，但被木蘭花拒絕了。

當木蘭花用相當熱的水淋浴了之後，她覺得精神很好。

她從浴室中出來，已看到安妮坐在病房中，木蘭花笑道：「早，我看，今天可以出院了！」

安妮望著木蘭花，道：「蘭花姐，秀珍姐說，許氏三兄弟的屍體失蹤了！」

木蘭花一面用毛巾抹著濕頭髮，一面道：「是，我想，可能是由於這件事太轟動了，所以引起好事者的注意，做出了這樣的事來！」

安妮問道：「做這樣事的目的，是什麼？」

木蘭花笑道：「自然是毫無意義的，好事者的目的，可能只在於製造更大的新聞，得到心理上的滿足，大城市中，是不少這種無聊分子的！」

安妮緊盯著問道：「蘭花姐，這就是你最後的解釋？」

木蘭花笑了起來，用手在安妮的頭髮上搔著，將安妮的頭髮抓得凌亂，道：「要應付你的問題，真是越來越不容易了，告訴你，這只是我初步的結論，我是基於任何人得到屍體都不會有用處，是以才得到這種初步的解釋來的！」

木蘭花講到這裡，略頓了一頓，才又道：「你又有什麼見解？」

安妮眨著眼，一副想說話又不敢說的神情，木蘭花道：「只管說！」

安妮道：「蘭花姐，我認為你的想法，是偷懶的一種解釋，可以獲得自我滿足，不作深入的推理！」

木蘭花笑了起來，道：「安妮，你長大了！」

安妮不服氣地睜大了眼睛，道：「那和我長大了又有什麼關係？」

木蘭花一手按在安妮的肩上，道：「自然有關係，你已經是一個青年，青年的特點是，在未曾說出自己的意見，或者還根本沒有自己的成熟意見之前，先去否定他人的意見！」

安妮不服道：「不否定他人的意見，如何來表達自己的意見？」

木蘭花說道：「當然可以，事實上，許多人的許多不同的意見，可以同時並存——」

她講到這裡，病房門推開，高翔走了進來。

木蘭花停了一停，隨即道：「安妮，先不討論這個問題，你否定了我的意見之後，又有什麼見解？」

高翔走了進來之後，伸手在木蘭花的額頭上按了一按，就坐了下來，一聲不出。

從他那種疲憊的神情看來，他顯然未曾得到足夠的休息。

安妮道：「你說這是好事者的惡作劇，但是要在殮房中將三具屍體盜走，並不是簡單的事，和打一個電話，訛報飛機上有炸彈不同！」

木蘭花點頭道：「是，但是，你能假設出一種偷盜屍體的理由麼？」

安妮揮著手，道：「我先不去假設一個理由，我只是假設有一個理由，使有人要做這件事。」

木蘭花點一點頭，道：「不錯，這是推理方法的求證法，你先假設這個理由為X。」

安妮接口道：「是的，我假設盜屍的理由是X，而盜屍者已經成功了，也就是說，他們已達到了這個X目的，我說『他們』，是因為一個人不可能將三具屍體盜走的，一定有很多人！」

木蘭花道：「不妨假定三個或四個人。」

安妮道：「是的，人數多少不成問題，他們盜走屍體之後，不論這個

『X』是什麼，他們一定不會永遠保有這三具屍體的，所以說，我們還能再度發現這三具屍體——」

安妮講到這裡，高翔陡地站了起來。

由於高翔的動作，來得十分突兀，是以安妮立時轉頭向他望去。

高翔現出嘉許的神情來，道：「安妮，你的推理能力真有進步，不錯，我在來這裡之前，接到報告，許氏三兄弟中的老三，屍體在海灘邊被發現，一半浸在海水中，背上還插著刀！」

木蘭花一聲不響，安妮則顯得很得意，神采飛揚道：「老大和老二的屍體也一定會被陸續發現的，因為盜屍者已利用完屍體了！」

木蘭花沉聲道：「安妮，你的推理還不很成熟，因為你始終講不出，盜屍者為什麼要這樣做，他們盜了屍體，又有什麼用？」

安妮呆了一呆。

木蘭花道：「我們假設了一個X，一定要求這個X的值來，但是你現在卻只是假設，沒有求證！」

安妮道：「那我需要更多的已知數，才能求出未知數的值來，高翔哥，我還不知道屍體遺失時的詳細情形，請你說一說！」

高翔的神情有點憤然，道：「那全是因為殮房管理員的疏忽！」

他將殮房管理員的話轉述了一遍，才又道：「管理員睡得那麼沉，只怕將他都搬走，他也不會知道！」

木蘭花一直皺著眉，安妮望了木蘭花一眼，道：「那管理員的敘述好像很特別，照他的講法，他像在一種迷幻的情境之中。」

高翔冷笑了一聲，道：「不是他胡說八道，就是他正在做夢！」

木蘭花忽然微微地嘆了一聲，道：「別苛責那位管理員，我想他是受了暗害之後，才會被人弄了三具屍體出去的！」

高翔和安妮一起向木蘭花望去，安妮忙道：「蘭花姐，你是說——」

木蘭花緩緩地道：「那只是我的想法，我先假定，那管理員所說的一切全是真的，而事實上，又絕不可能有人弄走三具屍體而不驚動任何人，所以，我的推定是，先有人趁管理員熟睡的時候，替他注射了某種針劑！」

高翔和安妮又互望了一眼，木蘭花的假設，對他們來說，聽來很新鮮，也很感到意外。

木蘭花道：「我再假定，這種針劑具有強烈的麻醉作用，那麼，管理員在接下去的時間中，神智一定不清，他可能還能夠看到東西，形象卻是扭曲的、變形的，這情形，就像是人服食了過多的迷幻藥一樣。」

高翔用心地聽著，然後，用手在臉上重重地抹著，道：「蘭花，你忘了，管理員就算如你所說，是被人注射了某種的藥劑，但是他既然還能看到東西，不論如何變形，總不會離事實太遠。」

木蘭花點頭道：「應該是那樣！」

安妮這時叫了起來，道：「那就不對了，蘭花姐，那管理員說，他看到人從屍箱中起來，又一起向外飄去，並不是看到有人進來將屍體抬走！」

安妮一面說著，一面向高翔望了一眼，高翔也立時向她點了點頭，看來他想說的，也正是這一點。

高翔又補充道：「是啊，由此證明，那管理員所說的，根本不是幻覺，而完全是他想像出來，甚至故意揑造出來的虛有之事！」

木蘭花緊皺著眉，沒有說什麼。

的確，安妮的話，是她所無法解釋的，因為一個人在藥物的作用下出現幻景，和事實多少是有一點關係的。

例如，一個服食了迷幻藥的人，看一個人跳舞，可能在他的眼中看來，這跳舞的人，身形很模糊，很高大，甚至於很可怕，但是無論如何，這個跳舞的人，不會變成其他的東西。

而那個管理員卻說，自儲放屍體的箱子中「浮」了起來，向外「飄」去！

照那管理員的話來推斷，當時在殮房中發生的事，似乎是三具屍體，自己從屍箱之中站了起來，向外走去！

那是不可能的事，人若是死了，如何還會自己行動？

木蘭花的眉心一直打著結，安妮和高翔又討論了一些有關的問題，木蘭花也沒有插口。

就在這時候，病房有人敲門，接著，一位警官走進來，俯身在高翔的耳際，低聲講了幾句話。

高翔立時皺起了眉，道：「蘭花，我要回警局去一次，許氏三兄弟的父親許業康，正在警局和方局長談著，我要去見見他！」

木蘭花點了點頭，高翔和警官一起走了出去。

安妮跟著起來，將病房的門關上，當她將門關上之後，背對著木蘭花，站了片刻。

在片刻之間，她是在想，如何開口，將昨天晚上，自己一個人去單獨冒險的經歷，講給木蘭花聽。

可是，安妮還沒有想好該怎麼開口，木蘭花柔和的聲音已傳了過來，道：「安妮，你有什麼秘密話要對我說，可以說了！」

安妮陡地抖動了一下，立時轉過身來，怔怔地望著木蘭花。

她又呆了半晌，才道：「蘭花姐，你知道我有話要對你說？」

木蘭花微笑著，說道：「當然是，你一進來我就看出來了，可是我不明白的是，為什麼你要對我講的話，不能當著高翔的面說！」

安妮走近病床，木蘭花一直望著她。

安妮的神情十分嚴肅，道：「蘭花姐，我……我其實已經知道謀殺許氏三兄弟的是什麼人了！」

木蘭花料到安妮的心中有秘密，而且還極想將心中的秘密對她講出來，那是木蘭花在安妮的神情之中推測知道的。

可是，木蘭花究竟不是神仙，安妮心中到底有什麼話要對她說，她是不知道的，這時，聽得安妮這樣說，她也不禁一呆。

因為整件案子越來越是撲朔迷離，對木蘭花而言，可以說還一點頭緒都沒有，但是安妮卻說已知道了凶手是什麼人，這不是意外之極麼？

木蘭花坐了起來，挺直了身子，她並沒有出聲，只是望定了安妮。

安妮身子趨前，將聲音壓得更低，顯然她要說的話，性質十分嚴重，她道：「蘭花姐，許氏三兄弟的父親曾指責雲氏集團因為和他有商業上的競爭，所以殺了他的三個兒子。」

木蘭花呆了一呆，道：「安妮，你不是要說，殺死他們的是四風吧！」

安妮的臉上現出相當痛苦的神情來，道：「四風哥和五風哥，可能不知道，但是……」

她講到這裡，停了一停，現出十分為難的神色來，像是不知道該如何說下去才好。

這時，如果安妮是和穆秀珍在說話，那麼穆秀珍一定心急催她快點講出凶手的名字來了，但是木蘭花卻道：「安妮，從頭說起，以便我更可以瞭解你的話。」

安妮點了點頭，吸了一口氣，將昨晚她如何一個人在家中，對整件事進行詳細分析的經過說了一遍，道：「我斷定一定有人看到我們要再度去檢查飛機，是以才將飛機炸掉的。」

木蘭花點頭道：「是的，你的分析極其有理，你採取什麼行動，來證實你的推理？」

安妮道：「我去了飛機失事的現場，我在望遠鏡中，看到了那幢屋子，那是唯一可以俯瞰飛機場的一幢建築物，於是，我偷進這幢建築物之中！」

當安妮神色凝重地講到這裡的時候，木蘭花忽然現出了一個微笑來。

安妮不知道木蘭花這個微笑是什麼意思，她繼續講她的經歷。

安妮用麻醉槍射倒了那個男人，只在那男人的身邊略停一停，便向前輕輕地走了過去。

那男人出來的時候，並沒有關上門，安妮來到了門口，伸手一推，門已應手而開。

這時候，安妮的心中，緊張地怦怦亂跳。

她參與了木蘭花和穆秀珍的生活之後，並不是第一次經歷這樣的情景了，但是，從頭至尾，這全是她一個人的行動，這畢竟還是第一次！

安妮一面盡量放輕腳步，向前走著，一面在想：自己到這裡來，完全沒有人知道，只有剛才駐守在機場的幾個警員是看到的，但他們也不知道自己來到這裡，要是出了什麼事——

安妮究竟是一個性格十分堅強的女孩子，當她想到了這一點之際，她絕對沒有想到因此而退縮，她只是提醒自己，要加倍小心！

她進了那屋子，經過了小堂，客廳中很黑暗，但是客廳裡面，另一個小廳中，卻有柔和的燈光透出來。

客廳中鋪著厚厚的地毯，這對安妮很有利，因為安妮在地毯上向前走著，可以一點聲音也不發出來，當她來到亮光傳出的那小廳之前，她貼牆站著，然後小心地向內看去。

安妮立時看到，在那小客廳之中，有一組相當舒適的沙發，一旁，是一列酒吧，架子上是各式各樣的美酒，有一個男人背對著門口，坐在酒吧的高凳上，手中握著酒杯。

安妮又緊張起了起來，正在她還決不定該採取什麼行動時，那男子突然握著酒杯，離開了高凳！

安妮立時閃了閃身子，緊貼著牆壁站定。

那男子顯然未曾注意外面有人，口中還哼著歌，但是，安妮卻已在那一剎間，看清了那男子的臉面！

安妮的神情更緊張，氣息也有點急促，道：「蘭花姐，你可知道，我看到的那人，是什麼人？」

木蘭花的臉上又浮起了那種會意的微笑，道：「我知道，是四風的大哥，雲一風！」

剎那之間，安妮整個人都呆住了，瞪大了眼，張大了口，變得一句話也說不出來！

過了好半晌，安妮才道：「不可能，那是不可能的事，你不會知道的！」

木蘭花拉住了安妮的手，笑道：「如果你在出發之前，和我聯絡一下，那麼，我就會告訴你，那個地方，叫紫花崗，雲一風有一幢別墅，就在紫花崗！」

安妮似是張大了口，驚訝得很，木蘭花拍著她的手背道：「好了，你也該休息一下了，安妮！」

安妮搖著頭道：「不，蘭花姐，你知道那是雲一風的別墅，可是你當時並不在那裡，你不知道我看到雲一風做了些什麼！」

木蘭花聽了，也陡地一呆。

當木蘭花第一次微笑之際，她已經知道安妮的「探險行動」，會有什麼結果了！她的心中，已將安妮的行動，當作是一個有趣的小插曲。

可是如今安妮又如此說法，那證明安妮的確看到了什麼，這件事還有下文！

木蘭花在一呆之後，深深地吸了一口氣，她立時想起和雲氏五兄弟認識的經過來，隨後，她們就和雲四風、雲五風成了好朋友，最後，穆秀珍甚至嫁給了雲四風。

由於年紀的關係，木蘭花和雲一風、雲二風和雲三風並不接近，也絕稱不上瞭解，雲三風不久以前，曾因南征，發現了世界上最大的毒品產地的秘密。

這些年來，她和雲一風、雲二風見面的機會並不多，只知道他們在工作上擔任著重要的職位，至今還是獨身而已！

如果雲一風真的有什麼行動，可作為證據，證明他和許氏三兄弟的離奇死亡有關的話，那麼，事情真可以說是嚴重之極了！因為雲一風是雲四風的哥哥，而雲四風和他們的關係是如此之密切！

木蘭花不由自主地將安妮的手拉得緊了些，安妮也在不由自主地喘著氣，道：「當時，我看到室中的那男人，竟然是一風大哥時，我真是驚訝得差一點要大聲叫了出來，我忍住了沒有叫，因為我覺得這件事情，實在是十分奇怪！」

木蘭花凝望著安妮。並不打斷她的話頭。

安妮的心怦怦跳著，她雖然緊貼著牆而立，一點聲音也未曾發出來，但是她卻擔心雲一風會聽到她的心跳聲，因為她心跳得實在太劇烈了！

只聽得雲一風在裡面大聲叫道：「喂，怎麼還不進來，我還有話要對你說呀！」

安妮心中知道，雲一風一定是在叫剛才聽到了狗吠聲而走出來察看，而被她用麻醉針射倒的那人。

安妮也知道，那人已經昏過去了，不會答應雲一風，那麼，雲一風一定會走出來看，要是雲一風發現了她，那時她怎麼解釋？

安妮一想到這裡，立時向後退去，迅速地退到了一張沙發後面，躲了起來。

她才一躲起，果然，雲一風就走了出來，一面走，一面道：「這傢伙，哪裡去了？」

雲一風向外走來，幾乎就在安妮藏身的那張沙發前面走過，這時候，雲一風要是探頭看一看的話，一定可以看到沙發後面躲著人了！

可是雲一風繼續向前走，安妮心頭劇跳。

就在這時候，突然聽到樓梯口，有人叫道：「雲一風！」

那一下叫聲，可以說來得極其突然，安妮立時縮了縮身子，靠著沙發背更近，以免被樓上的那人發現。

她偷眼向上面看去，只見一樓的樓梯口中，站著一個人，由於二樓的燈光十分黑暗，安妮根本看不清那人是什麼人，只看到他是一個身形相當高的男人。

而在這時，安妮也注意到，雲一風也在聽到有人叫他之後，便立時抬頭看去，而且，安妮感到，她自己因為光線黑暗，而認不出那是什麼人來，不過，雲一風一定是一看就知道他是什麼人的。

因為雲一風一抬頭看去，整個人便陡地一震，他的手中，一直握著酒杯，他的震動是如此之劇，以至剎那之間，杯中的酒都濺了出來！

安妮感到十分突然，她只看到雲一風突然奔向樓梯口，抬頭向上看。

這時，那樓上的男子反倒退了一步，身子更縮進了黑暗之中。

雲一風在樓梯口略停了一停，立時向上奔去，等他上了樓，安妮已經看不清他和那男人了，只聽得那男人的聲音道：「想不到是我吧！」

雲一風卻發出了一下憤怒的吼叫聲，道：「你，你在玩什麼把戲？」

那男人的聲音道：「你的用詞很有趣，不錯，可以說是在玩把戲，一場超級的魔術，全世界的人都被我們瞞了過去，沒有人可以知道其中的真相，別忘了，一風，你還是主謀人哩！」

雲一風的聲音聽來更惱怒，厲聲道：「該死，連許業康也該死！」

安妮聽得自雲一風的口中，講出了這樣的話來，她心頭的震動更甚，她對這種事的經驗，究竟不夠豐富，而且，事情又和雲一風有關。

她實在不知如何才好，而這時又是她唯一離開的機會，是以她沒有再作任何其他的考慮，立時站起身來，翻過了沙發，向外奔去。

她一口氣奔出了屋子，穿過花園，奔下了斜路，找到了車子，直回到了家中。

當她來到木蘭花的病房中，她實在立時想將所看到的事講出來，可是這件事實在太嚴重了，她覺得暫時不讓高翔知道，比較好些，是以等高翔走了之後，才說了出來。

木蘭花聽安妮講完，足足呆了有一分鐘之久，未曾出聲。

安妮一直用焦切的神情看著木蘭花。

好一會，木蘭花才徐徐地道：「安妮，你做錯了一件事，當時，你不應該離開的！」

安妮吶吶道：「要是一風大哥看到了我——」

木蘭花道：「那他看到你，又怕什麼，難道他還會害你麼？」

安妮低下頭去，一言不發，過了片刻，她才像受了委屈似地，抬起頭來，道：「如果是他殺了許氏三兄弟，那麼他……他……」

木蘭花嘆了一聲，道：「他說許業康該死，許業康是他商場上最強的對手，那其實是一句很普通的話，怎能引申為他殺了許氏三兄弟？」

安妮眨著眼，咬著指甲說道：「或許是我錯了，但是我總覺得事情十分奇怪，至少，我想一風大哥是知道不少內情的。」

木蘭花站了起來，道：「那太容易了，我們一起去找他談一談就行了！」

安妮點了點頭，木蘭花已撥了電話，道：「四風麼？我是蘭花，一風大哥在嗎？我想和他聯絡一下，是的，有一點意外的發現。」

木蘭花深深地吸著氣，等了片刻，才聽到四風的聲音，道：「奇怪，他今天竟然沒有上班，這是很不尋常的事，他怎麼了？」

木蘭花陡地震動了一下，疾聲道：「四風，快到他紫花崗的別墅去，我也立即就去，我想，一定有什麼意外發生了！」

木蘭花放下了電話，迅速脫去了病人的衣服，換上了自己的衣服，拉著安妮向外便奔。

木蘭花剛一出病房門，就有兩個護士高叫了起來，但是木蘭花根本不加理會，一直拉著安妮，向樓下奔去，奔出了醫院的大門，上了一輛街車。

一直到上了車，安妮才喘著氣道：「蘭花姐，你以為一風大哥出了什麼事？」

木蘭花搖著頭，道：「很難說！」

她一面回答著安妮，一面對司機道：「對不起，請你快一點！」

安妮很少看到木蘭花表現出如此焦急的情緒，木蘭花的病還未完全好，是以她的臉色看來也很蒼白，鼻尖滲出細小的汗珠，而她的雙手，緊緊地握著。

安妮望著木蘭花，心中也是七上八下，木蘭花說她不應該昨天晚上立即離開，她想到，要是一風大哥出了什麼意外的話……

安妮想到這裡，她立即想起，那個突然在樓上出現的男子，一定是極其重要的人物，她應該竭力想出那人的樣子來。

可是，當時一則由於安妮自己的慌張，二則由於樓上很暗，她並沒有看清楚是什麼樣的一個人，這時，自然也無從想起！

6 大錯誤

車子出了市區，在木蘭花的不斷催促下，車子開得飛快，這條路本就很長，現在在心急的情形下，似乎變得更長了！

上了通向機場的公路之後不久，一輛警車響著號，自後面疾駛而來，街車司機苦著臉，道：「是不是，小姐，我早就說，開快車會惹麻煩，現在警車追上來了，你看怎麼辦？」

木蘭花冷冷地道：「不要緊，你只管開！」

街車司機苦笑著，即將車速減慢，那輛警車很快就追過了街車，街車停下，警車也停了下來，車門打開，高翔自車中疾跳了出來。

木蘭花看到是高翔，不禁呆了一呆，因為他約的是雲四風，並沒有約高翔，高翔是到警局去見許業康的，如何會在這條路上？

而且，看高翔那情形，他像是有著什麼急事！

木蘭花立時打開了車門，和安妮一起下了車，安妮給司機車資，高翔疾聲問道：「蘭花，怎麼一回事，你怎麼從醫院裡逃出來了？」

木蘭花立時道：「事情又有了新的變化，我必須直接參加這件案子了！你呢？為什麼會在這裡？」

高翔的神情十分緊張，道：「我們接到報告，紫花崗上有一幢別墅出了命案，報案者慌張得沒有留下自己的姓名，但是那地址，分明是一風大哥的別墅，我們都去過。」

一聽到高翔那樣說，安妮的臉色「唰」地一下變得煞白，她緊緊拉住了木蘭花的衣袖，木蘭花「嗖」地吸了一口氣，和高翔一起上了警車，風馳電掣而去。

車子由於速度太高，在別墅門前停下來的時候，車子發出可怕的吱吱聲，才一停下，高翔就首先衝了出來，圍牆上的鐵門並沒有鎖，有一個人，失神落魄地站在屋子的門口。

高翔奔了進去，木蘭花和安妮緊跟在他的身後，警車上的警員也全都下了車。

才一奔進花園，就看到地上躺著兩頭狼狗。

安妮一看到那兩隻狼狗，就不禁苦笑了一下，那正是昨天晚上，她以麻醉針射中的兩隻，這時，還倒在地上昏迷不醒。

再向前奔去，安妮又立時看到，站在門口的那個人，還穿著名貴的絲質睡衣，他也正是昨天晚上，面頰上中了她的麻醉針倒下去的人！

高翔直奔到那人的身前，道：「一風先生呢？」

那人指了指屋子上面，卻一句話也講不出來，高翔向屋內奔去，奔上樓梯，木蘭花和安妮仍然緊跟著他的身後，一直衝進了樓上的一間起居室，三人才站定。

安妮立時發出了一下驚呼聲，而且，立時哭了起來。

他們都看到了雲一風。

雲一風伏在一張几上，背上插著一柄刀。

順著那柄刀，血流了出來，已經凝固了，在他的背上，結成一道怵目驚心的血痕！

高翔的面肉發著抖，慢慢走了過去，輕輕碰了一下雲一風的身子，雲一風的身子立時斜斜向下倒去。

他雙目睜得極大，臉上是一派憤怒的神情。

高翔痛苦地轉過臉去，安妮雙手掩住了臉，淚水自她的指縫中迸出來。

她在這時候，心中只想到一點：木蘭花說得對，她犯了一個大錯誤，她是不應該離開的，她應該現身，那麼，現在絕不會有這樣的事發生了！

木蘭花的眉心打著結，這時候，幾個警員已陪著那男人上了樓。

木蘭花向那男人望了一眼，問道：「你——」

那男人道：「我叫林杰，是一風先生的好朋友，一風先生時常請我來，要我陪他談天喝酒，這事太可怕了，真是太可怕了！」

林杰在那樣說的時候，聲音還在發著抖。

木蘭花道：「你鎮定一點，將一切事情發生的經過，說給我聽。」

安妮突然尖聲叫了起來，道：「蘭花姐！」

木蘭花向安妮做了一個手勢，示意她不要出聲。

林杰喘著氣，道：「昨天晚上，和往常一樣，我和一風大哥在喝酒談天，外面兩頭狼狗忽然吠叫了起來，我就出去看看究竟——」

他講到這裡，略停了一停，安妮失神地睜大了眼睛，神情像是自己犯了重罪一樣。

林杰又道：「我才出去，就看到兩頭狗都倒在地上，我正感到事情不妙，忽然看到，牆頭之上好像有一個人探頭出來，我正想呼喝，但是忽然之間，臉上一痛，天旋地轉，人就倒下來了！」

林杰講到這裡，安妮的神色，更加蒼白得可怕了！

林杰又道：「等到我又恢復知覺時，天已大亮了，我還覺得頭很沉重，於是回到屋中，用冷水淋了淋頭，才想起，我不應該一直在外面，一風先生到那裡去了，我上了樓，發現一風先生死了，才立即報警的。」

他講完了話，又不斷地喘著氣。

而安妮也在這時，失神落魄地尖聲叫了起來，道：「我害死了一風大哥！我害死了他！」

高翔陡地一呆，雲四風和穆秀珍也恰好奔了上來，一聽到安妮那樣叫，更是一怔。

木蘭花忙道：「安妮！」

安妮抬起頭來，滿面淚痕，叫道：「是我害了他，是我害了一風大哥！」

木蘭花沉聲說道：「安妮，安靜點，你聽我說！」

安妮突然轉過身，向外便奔，木蘭花立時道：「秀珍，快追她回來！」

穆秀珍根本不知道是怎麼一回事，但是她的反應極快，已經立時一個轉身，也向外奔去。

在花園中，不斷傳來安妮的尖叫聲和穆秀珍的呼喝聲，不一會，又有了雲五風的聲音，而在樓上的房間中，卻靜得一點聲音也沒有，雲四風望著他大哥的屍體，難過得緊緊握著雙拳。

過了好半晌，只聽得穆秀珍一聲大喝，接著又是「啪」地一聲響，顯然是她打了安妮一下，所有的聲響才一起靜了下來。

高翔來到了雲四風的面前，說道：「四風——」

他才說了一聲，雲五風也奔了上來，直奔到他大哥的屍體之前跪了下來。

雲五風是一個很重感情的人，才一跪下，淚水便已簌簌地落了下來，木蘭花伸手按住他的肩上。

雲五風抬起頭來，道：「我們兄弟五人，不久以前才少了一個，現在……又……」

木蘭花沉聲說道：「五風，如果你們只知道哀痛，不設法對付，只怕還會少下去！」

高翔吃了一驚，道：「蘭花，你怎麼那樣說？」

這時，穆秀珍已抱著安妮上來，一面還在說道：「小安妮，我從來也沒有打過你，可是剛才，你簡直就像是瘋了一樣，我不得不那樣做，不然，我實在沒有法子令你安定下來，你可能會因之而神經錯亂的！」

安妮垂著頭，她臉上有著紅紅的手印，可是她好像完全不在乎一樣，只是垂著頭，流著淚。

除了木蘭花之外，沒有人知道安妮為什麼會這樣子，而在如今這樣的情形下，木蘭花也無法向各人解釋，木蘭花來到了安妮面前，連她也不知道怎麼說才好。

安妮卻先抬起頭來，道：「蘭花姐，要是我不射倒那兩頭狼狗，要是我不射倒了林先生，一風大哥是不會死的，是不是？」

各人聽得安妮那麼說，吃驚地互望。

木蘭花的神情十分嚴肅，道：「不，我已經有了一個概念，這是一連串陰謀的第一步，一風大哥是在完全沒有防備的情形之下被殺害的，四風、五風，都要小心被人進一步的加害！」

這時，每一個人的心中都極其混亂，木蘭花那樣的話，究竟是什麼意思，也沒有人瞭解。

木蘭花看出各人心情紊亂的情形，她對高翔道：「這裡的一切，循正常的手續進行，我們先到下面客廳去，我將昨天晚上這裡發生的事說一說！」

在各人心中全然沒有主見的情形下，大家也只好同意木蘭花的話，一起下樓去，樓上、警方人員忙著攝影和檢驗，搜集指紋。

木蘭花等人到了樓下，雲二風也趕到了，他先到樓上，看了他大哥的屍體，然後，臉色極其陰沉地下了樓。

木蘭花先斟了一杯酒給安妮，安妮一口就吞了下去。

雲五風坐在安妮的身邊，安妮的神情，可以叫人看出她的心緒仍然極不穩定。

木蘭花最先開口，她將安妮昨天晚上的經歷，簡單扼要地講一遍。

等到木蘭花講完，安妮帶著哭聲，道：「如果我當時不離開，一風大哥可能不會出事的！」

雲二風沉聲道：「凶手的手段既然如此狠毒，你昨天不離開，這屋子中，可能不止一具屍體，而是兩具屍體了！」

安妮低下頭去，雲二風的話，顯然並沒有令她內疚的心情有什麼改變。

木蘭花揮著手，道：「我們不必再討論這些了。現在要討論的是，有一點可以肯定的，那就是一風大哥是認得凶手的！」

各人都神情沉重地點著頭，這一點，根據安妮的敘述，是再也沒有疑問的事了。

木蘭花又道：「而且，兇手不止一個人，以一風大哥的身手而論，就算他未曾料及兇手會對他不利，但兇手也絕不會如此容易得手，他之所以遇害，一定是一個人伴著他說話，另一個人猝然下手的結果！」

雲四風咬牙切齒地說道：「這太卑鄙了！」

木蘭花吸了一口氣，道：「兇手和一風大哥提及了許業康，說許業康該死，我看這件事，和許業康一定有關係！」

當木蘭花說到這裡的時候，凌銳的目光，向一到了客廳中就坐在一角，低著頭一聲不出的林杰望去，林杰的身子彷彿震動了一下。

木蘭花又道：「一風大哥是一個有古代豪俠作風的人，他相信人，自然也容易被人欺騙，如果有人告訴他，他的一個好朋友，是受敵人收買的，他一定不會相信，所以，敵人如果要害他的話，最好的方法，就是收買經常和他接近的人！」

木蘭花講到這裡，林杰陡地抬起頭來，頓聲道：「蘭花小姐，你這樣說，是什麼意思？」

各人的心中也十分疑惑，不知道木蘭花那樣說有什麼作用，一時之間，人人都向林杰望去。

木蘭花一字一頓，語音十分清晰地說道：「林先生，你自己應該明白，我們不必再猜謎了，你受許業康的賄賂，一直在刺探雲一風先生的行動，向他作報告，是不是？」

林杰的面色，在那一剎間，變得蒼白到了極點，他像是有人在他的屁股之上重重戳了一下一樣，陡地站了起來，緊接著，他突然轉身，向窗子撲去。

他才一轉身撞出，雲四風發出了一聲怒吼，便向著他疾撲了過去。

雖然林杰發動在先，可是他的身手和雲四風相比，卻是相差太遠了，他才奔出兩三步，發出吼叫聲的雲四風，已然身在半空，自天而降，林杰根本連躲避的機會也沒有。

雲四風身在半空之中，雙腳已然掃出，「砰砰」兩聲響過處，林杰的身子立時向前直仆跌了過去，撞倒了一張茶几，倒在地上不動。

雲四風落下地來，雲二風已然奔過去，伸手將林杰提了起來。

林杰嚇得面白如紙，尖聲道：「我……只不過將一些無關緊要的事情報告許業康，一風先生從來也不對我說他企業中的情形，我沒有殺他，那天晚上，我一出屋子，就昏了過去！」

他叫得如此之急促，聲音尖銳得刺耳，一個人只有在極度的驚恐之下，才會發出這樣的呼叫聲來的！

雲二風一聲大喝，揚手便一掌摑了上去，那一掌，「啪」地一聲響過，令林杰的臉上立時腫了起來，口角也有鮮血湧了出來。

林杰用力掙扎著，叫道：「我沒有犯罪，你們不能用刑對付我！」

雲二風怒得面肉抽搐，揚起手來，第二掌要摑了上去，這時，只有木蘭花還能維持鎮定，她立時大聲道：「二風大哥，別打他了！」

二風的手已揚了起來，在木蘭花的喝阻之下，他的手凝在半空，指節骨發出格格的聲響。

木蘭花道：「林先生，你將你和許業康聯絡的經過，詳細地說一說！」

雲二風用力一推，將林杰推得連退了幾步，坐倒在一張沙發之上。

林杰喘著氣，幾個人已一起叱道：「說！」

林杰揮著手，道：「這沒有什麼大不了的，許業康和一風先生，是商業上的對頭，他希望知道對方的行動、方針，又知道我和一風先生是朋友，所以請我做他的私人顧問，報告一風先生的行動……」

雲四風厲聲道：「你這卑鄙的賊！大哥當你是一個人，你卻出賣朋友！」

林杰抹著口角的血，神情極為驚駭，說不出話來。

木蘭花揚了揚手，示意各人鎮定一些，她又道：「林先生，在你的印象之中，許業康對雲氏兄弟的態度怎麼樣？」

林杰吞下了一口口水，喉核上下動著，發出「咯咯」的聲響，道：「許業康自然很恨雲氏兄弟，他本來是全市經濟的巨頭，掌握全市經濟的命脈，但是雲氏集團的勢力興起之後，他已大不如前，而且，還在一天一天衰落下去，他和許老大、老二經常在一起，聽我說起一風大哥的事。我敢發誓，我說的一切，實在對一風大哥，是絲毫沒有影響的！」

木蘭花揚了揚眉，道：「你說什麼？許業康經常和他三個兒子一起聽你的報告？」

林杰略呆了一呆，又喘了幾口氣，道：「只是老大和老二，老三從來沒有參加過！」

木蘭花的眉心深深打著結，來回走了幾步。

人人都知道，當木蘭花在那樣子的時候，一定是有什麼問題深深困擾著她，所以，每一個人都不出聲，以免打擾她的思索。

客廳之中，除了林杰急促的呼吸聲之外，靜得一點聲音也沒有。

過了片刻，木蘭花才站定了身子，向高翔道：「許氏三兄弟的屍體失蹤之後，只發現了一具？」

高翔點一點頭，道：「是，在海灘發現的。」

木蘭花又問道：「其餘兩具，沒有下落？」

高翔點了點頭。

高翔又望向林杰，道：「林先生，你對許業康的瞭解，一定比我們深，請問，為什麼老三不和他兩個哥哥一樣，參加機密？」

林杰嘴唇掀動了一下，欲語又止，穆秀珍厲聲叱道：「快說！」

林杰忙道：「是！是！有一次，我無意之中，聽到他們說起，許老三患有白血球過多的絕症，不久於人世，這件事，只怕許老三自己也不知道！」

木蘭花在陡然之際，像是受到了極大的震動，望著林杰，然後又陡然轉回身來，道：「高翔，你快去調查這件事，那應該是很容易查出來的！」

高翔答應了一聲，木蘭花又道：「對了，你在警局看到了許業康？」

高翔皺著眉，道：「是。」

木蘭花道：「他態度怎麼樣？」

高翔苦笑著說道：「惡劣極了，他大聲咆哮，指責我們讓凶手逍遙法外，他還說，要發動政治力量，來報復我們的包庇！」

高翔講到這裡，略頓了一頓，才又道：「許業康所報殺死他三個兒子的凶手，是雲氏機構的負責人！」

穆秀珍怒道：「放他的狗臭屁！」

「由得他去指責，也不必怕他發動什麼力量，因為他絕不會有證據，他那樣做，只不過是要掩飾他自己的罪行而已！」

各人聽得木蘭花那樣說，全都吃了一驚。

穆秀珍首先發話：「蘭花姐，你是說——」

木蘭花的語氣十分堅定，充滿了自信的道：「是的，我是說，一風先生的死，是許業康下的毒手，他不會只害了你們的大哥就算了，還會對你們每一個人陸續下手。」

雲五風道：「可是，我和許氏三兄弟全是好朋友，他們也全死了！」

木蘭花道：「好朋友？一風大哥和林先生也是好朋友，他做了些什麼？」

林杰低下頭去，木蘭花道：「林先生，為了你的安全著想，我勸你在事情尚未全部解決之前，你應該二十四小時接受警方的保護！」

林杰神色蒼白地點了點頭，高翔向一位警官做了一下手勢，那警官立時將林杰帶了出去。

穆秀珍道：「我們找許業康這老不死去！」

木蘭花搖頭道：「有什麼用？現在，一切只不過是我的推測，一點證據都沒有。」

木蘭花深深地吸了一口氣，又道：「高翔，我要許氏兄弟的一切資料，越詳細越好。」

穆秀珍道：「他們已經全死了，要他們的資料，又有什麼用處？」

木蘭花停了半晌，才回答穆秀珍的這個問題，道：「這其中，還有一個我未曾想通的問題，這個問題要是想通了，我想整件事，也就可以水落石出了。」

穆秀珍心急，忙又問道：「是什麼問題？」

可是，木蘭花卻沒有回答這個問題，只是向安妮道：「安妮，你看，你可以不必內疚了，林杰根本是被許業康收買的，要是我的推測不錯，凶手是許業康派來的話，那麼，林杰要是清醒的話，自然幫著凶手行事！」

雲二風插言道：「蘭花，許業康是一個狡猾之極的老狐狸，照我看來，像他那樣的人，是絕不會做買凶殺人，留把柄在他人手中的那種蠢事的！」

各人都十分同意雲二風的說法，是以全望著木蘭花，看她如何解釋。

卻不料木蘭花立時點了點頭，說道：「是，我也這樣想，他是一個狡猾之極的人！」

各人都呆了一呆，因為木蘭花若是同意雲二風的話，那麼，和她剛才所說的話，不是全矛盾了麼？

木蘭花像是知道各人心中的疑惑一樣，她也不等各人發問，就道：「這一點，我還有些疑惑，暫時無法討論。」

穆秀珍道：「蘭花姐，你怎麼知道林杰這傢伙不是好人？」

木蘭花道：「那太容易了，林杰昨天晚上的遭遇，我們全很清楚，他絕不可能是凶手，可是他卻慌張得不斷要否認他自己的行凶，可知他心中一定有著什麼對不起一風大哥的虧心事。凡是做了虧心事的人，你一用話去刺激他，他就一定原形畢露的了！」

這時，黑箱車已然駛到，雲一風的屍體，也自樓上抬了下來，法醫跟著下來，道：「高主任，初步推測，死亡時間，是在今天凌晨二時左右。」

雲二風、四風、五風，都跟在屍體的後面向外走去，木蘭花向穆秀珍道：「你得提醒他們三兄弟，千萬要小心，凶手是不會就此罷手的！」

穆秀珍的神情十分惱怒，雙手緊握著拳，道：「我也不會放過他們！」

木蘭花握著安妮的手，也一起向外走去。

等到木蘭花回到家中的時候，大企業家雲一風被暗殺的消息已經傳遍了全市！

木蘭花沒有再回到醫院去，高翔花了一天的時間，將許氏三兄弟的資料帶回家來，供木蘭花作詳細的研究，而雲氏兄弟則接受警方的嚴密保護。

木蘭花和安妮一起研究有關許氏兄弟的資料，首先，她們發現林杰的話是對的，許老三的確患了白血球過多的絕症。

只不過這件事，一直保持著極度的秘密，警方運用了若干壓力，才在幾個著名的醫生的檔案中獲得這份資料，從這些資料來看，醫生精確地判斷許老三生命結束的日子，正是木蘭花看到資料的那一天。

安妮道：「蘭花姐，許老三在飛行表演的時候，已經只有兩三天的壽命了！」

木蘭花點了點頭。

安妮道：「一個只有兩三天壽命的人，還能夠做這樣的表演？」

木蘭花道：「在患者本身完全不知道的情形下，是可以的，因為這種絕症的症狀，只是覺得疲倦，並不影響其他的活動。」

安妮望著木蘭花道：「蘭花姐，我不明白，我們研究他們的資料有什麼用，他們反正是死了！」

木蘭花並不回答，只是用心地看著資料。

從資料上看來，許氏三兄弟中的老三，一直沒有參加過許氏企業中的活動，但是老大和老二卻是許氏企業中相當重要的角色，是他們父親的得力助手。

許老大和老二曾很多次到外地去參加重要的、世界性的貿易會議，他們的足跡遍及全世界。

當木蘭花用心在審閱資料的時候，安妮一直在留心木蘭花的神情變化。因為她知道，木蘭花若是有了什麼發現，她一定可以在木蘭花的神情變化上看出來的。可是，木蘭花一直雙眉緊鎖，可知她一直沒有獲得什麼結果。

那一天，一直到天黑，木蘭花才道：「安妮，我要出去一會兒。」

安妮立時道：「蘭花姐，你要去見許業康？」

木蘭花微笑道：「是！」

安妮的神情有點緊張，她道：「蘭花姐，如果你不是公開去見他的話，那麼，我和你一起去！」

木蘭花略想了一想，道：「安妮，你要知道，許業康在本市的勢力十分大，他正指責雲氏兄弟是凶手，而我們和雲氏兄弟的關係十分密切，如果我們失了手，那就成為他的證據了！」

安妮低下頭去，道：「我知道，但是我對於一風先生的死，總有點內疚，要是不讓我出一點力，這種內疚感，可能永遠不會消除了。」

木蘭花將手按在安妮的肩上，過了好半晌，才道：「好的，你和我一起去！」

木蘭花和安妮一起換了裝束，帶了應用的東西，留了一張字條，告訴高翔，她們有事外出，不必焦慮，然後，由木蘭花駕著車，直向市區駛去。

7 數字遊戲

一路上，安妮和木蘭花兩人都不說話，安妮的神情，始終很緊張。許業康的住宅，是一座極大的花園洋房，這幢聳立在林木圍繞的山崗上的大洋房，是本市最著名的美麗建築物之一。

木蘭花在路口停了車，距離通向一條斜路的鐵門，約莫一百碼。天色很黑，鐵門緊閉著，向上看去，可以看到那條斜路上，兩列路燈，道旁全是整齊的花草，整條路，全是許業康的私產。

木蘭花和安妮下了車，她們穿過了一大叢灌木，來到了一座峭壁之上，抬頭向上看去，可以看到一幢維多利亞式的洋房，轉頭向下看去，本市美麗的夜景，幾乎全展現在眼前。

那峭壁，是為了建造這幢洋房而鑿出來的，上面爬滿了長春籐。而且，有著三類繞了圓圈的刺鐵網掩蓋著，阻止人爬上去。

木蘭花打量了片刻，先利用強力的彈簧，射出一枚鐵釘，鐵釘射在刺鐵絲網上，發出了一下輕微的聲響，又落了下來。

木蘭花那樣做，是想試探鐵絲網上，是不是通有電流，如果有電流的話，那麼，鐵釘碰了上去，一定會有火花爆出來的。

而現在，證明第一重的刺鐵絲網並沒有通電，木蘭花取出了一支直徑有兩吋的圓金屬筒，按下了一個掣，一股合金絲激射而出，合金絲前頂的一個尖鉤，鉤在刺鐵絲網上，木蘭花向安妮做了一個手勢，安妮立時過來，抱住了木蘭花的腰。

木蘭花再按下掣，合金絲收縮，將木蘭花和安妮兩人的身子直帶了上去，帶高了二十來呎。

安妮和木蘭花已經戴上了堅韌尼龍絲的手套，所以她們可以伸手抓住刺鐵絲網，木蘭花吸了一口氣，又用同樣的手法，上了第二圈刺鐵絲網。

但是，當木蘭花向最高的一圈刺鐵絲網——越過這一圈刺鐵絲網，就可以攀上圍牆了——發出一枚鐵釘時，卻有連串火花冒了出來。

安妮發出了一下低呼聲，道：「蘭花姐，最後一圈鐵絲網，是通電的！」

木蘭花點了點頭，道：「我們的手套是絕緣的，金屬絲頂端的鉤子也是絕緣的，但是如果我們身體的其他部分碰到刺鐵絲網的話，我們就完了！」

木蘭花一面說著，一面又已按動了掣，金屬絲筆直地向上射去，鈎子鈎到了刺鐵絲網，金屬絲的一小部分碰在刺鐵絲網上，不斷爆出火花來。

安妮緊緊抱著木蘭花，木蘭花深深吸了一口氣，按下了掣，她們兩人的身子迅速向上升去。

安妮伸手抓住了刺鐵絲網，木蘭花立時又按下掣，金屬絲再度射出，鈎住了圍牆，當她再度上升的時候，她們已離開了那圈有電的鐵絲網！

這其間，雖然只不過兩秒鐘的時間，但是安妮全身都已被冷汗濕透了！

圍牆並不高，她們兩人迅速地翻過了牆頭，落到了草地上。

她們兩人一起蹲下身來向前打量著。

洋房的正面，是對著峭壁的，這時，可以使屋主人充分居高臨下，欣賞全市的美景。木蘭花和安妮緊貼圍牆蹲著，在她們眼前，是一個布置得十分雅緻的花園。

木蘭花估計，在屋前的那一片園地，大約就有十萬平方呎左右，有一個相當大的水池，噴泉自池中噴出來，灑落在池中的一座亭子的頂上，又順著亭子的頂流下來，經過一條人工的小河，又流進水池之中。

這時，除了水聲之外，她們聽不到任何聲音。

那幢洋房一共有三層，有好幾個窗口，有燈光透出來。

木蘭花察看了一分鐘左右，向安妮做了一個手勢，兩人一起向前走去。

她們迅速地走出了二十多碼，靠著一株粗大的雪松，站在松樹的陰影之中。

這時，她們更可以看清那幢洋房了，她們看到，在二樓和三樓，有好幾個半圓形的大陽臺，而下一層，想來是客廳，是一列足有四十呎的玻璃門，全都緊閉著，而且，玻璃門內，是厚厚的窗簾。

花園之中，除了水聲之外，仍然沒有任何別的聲音。木蘭花和安妮再向前迅速地移動著，這一次，她們一直來到牆旁，才停了下來。

當她們靠牆站定之後，木蘭花抬頭向上看了一眼，將聲音壓得十分低，道：「安妮，我進去看看情形，我一進屋子之後，處境就極其危險，所以我希望你能夠留在這裡等我！」

木蘭花又道：「如果我在裡面有了危險，就要靠你來救我，我會發信號給你，你將小型強力炸彈拋向花園，引起屋中人的注意，那我就有機會脫險了。」

安妮低嘆了一聲，道：「只好這樣了！」

木蘭花微笑著，在安妮的臉頰上輕輕地拍了一下，立時迅速地向上攀去，安妮背貼著牆，抬頭向上看著，直到木蘭花消失在一個窗子之中，她才低下頭去，將小型無線電對講機放在耳際。

花園中一片漆黑，噴泉在黑暗中閃著光，潺潺的水聲，聽來很有規律，夜是如此之寧靜，誰又能想得到，有兩個人在從事如此緊張的活動？

安妮深深吸了一口氣，在對講機中，她聽到了細微的聲響，她知道。木蘭花正在小心翼翼地前進。安妮在想，木蘭花是不是有結果呢？

木蘭花進了那扇窗子，那是二樓走廊盡頭的一個窗子，她才一跳進窗子，就將窗子關好，貼著牆，站了片刻。

木蘭花打量著那條約有一百五十呎長的走廊。那走廊的一面，是兩道盤旋樓梯的上下處，巨大的水晶燈並沒有著亮，下面的大客廳中，只有黯淡的燈光傳上來，而且，也沒有什麼人聲。

走廊的另一面，是許多房門，木蘭花貼牆移動著，先到了一扇門前，將耳朵貼在門口，略聽了聽，弄開了門鎖，閃身走了進去。

木蘭花立時發現，那是一間很人，裝飾得極其華麗的套房，床上的毯子有摺痕，這表示這間房間是有人睡的。

木蘭花先來到壁櫃前，移開櫃門看了看，她看到櫃中掛著幾套衣服。令木蘭花略呆了一呆的是，在櫃中，還有兩隻旅行用的衣箱。

木蘭花之所以略呆了一呆，是因為在通常的情形下，旅行箱是很少放在壁櫃中的，木蘭花連忙又打開了一隻箱子，她看到箱中有不少衣服。

木蘭花立時想到，這是一間客房，而這間客房，目下是有人住的，住的客人，木蘭花再檢視了一下旅行箱上的標誌，就知道他是從德國來的。

許業康是一個大商家，有客人來，住在他的家，本來不值得驚奇，可是木蘭花卻立時感到了疑惑，因為她在那箱子中，看到了一件十分奇特的東西。

使得木蘭花大為疑惑不解的，是那隻旅行箱中，除了一些衣服之外，還有一個醫生用的箱子，在那個醫生用的箱子之中，放的全都是極其精巧，外科醫生所用的工具。

普通人當然是不會在旅行的行李中，帶著外科醫生用的工具的，但是即使是外科醫生，他似乎沒有必要在旅行的時候，帶著整套的外科手術工具，除非他準備在旅行中使用這些工具！

當木蘭花想到這一點時，她心中的疑惑更甚。雖然，她這次偷進這間大屋來的目的，是察看許業康的行動，並不是對許業康的客人感到興趣，但是，她還是花了兩三分鐘時間，將那些外科手術工具仔細看了一遍。

木蘭花有著各方面豐富的知識，當她仔細看了一遍之後，她已經看出，這些工具和一般普通外科醫生所用的乂有不同，這些工具，好像全是為了施行細小的外科手術而設的。

木蘭花放好了箱子，拉上了壁櫃的門，對著小型無線電對講機，用極低的聲音說道：「安妮，我一切都順利，你那裡怎樣？」

安妮的聲音，立時從耳機中傳進木蘭花的耳中。

安妮說道：「我也沒有事，不過我聽到屋中有人聲傳出來，二樓的走廊亮了燈，你要小心！」

木蘭花這時也聽到了走廊的一端，有人聲傳了過來，她立時道：「你在原來的地方別動，不會有人發現你的，隨時聯絡。」

木蘭花講完了那兩句話時，走廊中的人聲已經越來越近了，木蘭花迅速地來到了門口，將身體貼在門上，去聽走廊中的人在講些什麼。

可是，當她才一將身體貼近旁門的時候，她就知道自己做了一件並不聰明的事，因為人聲就在門外，顯然，有人要進這間房間來！

木蘭花略怔了一怔，在那一剎間，她還是聽見了門外響起的語聲中，有一個正是許業康的聲音，只聽他道：「謝謝你，醫生！」

另一個聲音，聽來十分疲倦，道：「再見，我要休息，實在太疲倦了。」

緊接著，門柄便旋轉起來，木蘭花迅速地向外一躍，躍開了六七呎，身形一矮，在一張沙發的背後蹲了下來，房門也立時打開，木蘭花看到，身形矮小的許業康，和一個身形相當高大的醫生在門口，正握著手。

木蘭花之所以一眼就可以認出那身形高大的人是醫生，道理很簡單，因為那人的身上穿著白袍，他的一隻手，甚至戴著手套，口罩也垂在頸際，看那情形，像是他剛從醫院的手術間中走出來的一樣。

木蘭花屏住了氣息，她看到許業康轉身走了開去，那醫生走進房間來，順手著亮了燈，那醫生用手在臉上撫著，神態很疲倦，脫下了白袍和手套，扯脫口罩，卻讓它們落在地上，然後，他走向浴室。

在一個外科醫生的身上，有著麻醉藥的氣味，這本來也不是一件什麼奇特的事情，但是，麻醉藥的氣味如此之強烈，這卻說明了一件事，那便是：這個醫生才從手術室出來。

這使得木蘭花的心中更加疑惑，這位看來是從德國專程來到本市的外科醫生，在許業康的家裡，是對什麼人施行手術的呢？

當然不是許業康本人，因為木蘭花剛才還看到，許業康和那醫生一起走了過來。

而且，問題還不在於接受手術的是什麼人，問題更在於，這個人為什麼不到醫院去，而要在家裡接受手術？

木蘭花自然知道，很多有錢人都有怪癖，有的將理髮師召到家裡來理髮；有的家中附設有小型電影院，永遠只在自己家裡看電影，但是，在自己家裡施手術，這無論如何，是一件十分怪誕的事，因為家裡再有錢，設備也不可能比得上醫院，那也就是說，在家中施行手術，是一件相當危險的事！

許業康為什麼要那樣做呢？

木蘭花偷進許業康的住宅來，發現了這位外科醫生的秘密，這對她來說，是事先完全意料不到的事，是以這時，她雖然迅速地想到了許多疑點，事實上，她還是一點頭緒都沒有，只覺得這件事十分可疑而已。

那位醫生進了浴室之後，就傳來了水聲，木蘭花迅速地轉著念，她下一步應該採取什麼行動，她決定不再理會這個醫生的事，因為那不是她此行的目的。

木蘭花站了起來，輕輕走到門前，將門打開一個小縫，向外望去，走廊中很靜，木蘭花拉開了門，向外走去。

她緊靠著走廊的一邊，向前走著，不一會，看到一個穿著白色制服的男僕，自樓梯下走了上來，木蘭花立時背靠著牆而立，那僕人並沒有發現她，逕自來到一扇門前，敲了敲門，便推開門走了進去。

沒有多久，那僕人又退了出來，木蘭花等他下了樓，輕輕走到那扇門前，貼耳在門上，她立時聽到許業康的聲音，道：「你們覺得麼樣？」

隨即，有一個聽來模糊不清的聲音道：「很好，相信是沒有問題的！」

木蘭花聽到這裡，立即離開，在牆角處站定。

她看到許業康打開門，走了出來，在關上門之後，略停了一停，臉上現出了十分得意的神情來，向前走去，木蘭花看著他消失在樓梯口，才深深地吸了一口氣。

她在想，自己的行動，在法律上來說，是犯法的，要是讓許業康發現了，就會惹上很大的麻煩，那麼，是不是應該趁早退出去呢？

若是現在就離開的話，安全是沒有問題的，可是卻又沒有什麼收穫。

木蘭花決定繼續涉險，她又貼著走廊向前走著，再到那扇門前傾聽了一會兒，門內卻沒有什麼聲響傳出來，她走向前，順著剛才許業康走下去的樓梯向下走，才走下了幾級，就聽到了開門聲，同時聽到了有人講話的聲音。

樓梯口上的光線相當黑，木蘭花又穿著黑衣服，她知道自己貼牆站著，只要不亂動的話，是不容易被人發覺的，是以她大膽地站定，向下看去。

只見許業康又伴著一個人走了出來，那人的身形並不高，可是氣派十足，一副不可一世的樣子，連出了名的大富翁許業康站在他的身邊，也有點兢兢業業的樣子。

木蘭花自上面望下去，可以很清楚地看到，那人有一頭花白的頭髮，和看來十分堅強線條的臉型，木蘭花立時吃了一驚！

這個人，木蘭花是認識的！

不但木蘭花認識這個人，而且，木蘭花也相信，國際警方商業調查組的人員，一定也一看就可以認得出這個人來的！

這個人，可以說是世界上最大的詐欺犯、騙子、工商界的敗類，可是，他所玩弄的合法欺詐把戲，卻使得任何國家的警方人員束手無策，明知道他進行欺詐，卻又不能繩之以法。

這聽來像是不可能的事，但是這個被人稱為「魔術師」的美國人史密斯，卻真做到了這一點。

要詳細地將這位魔術師史密斯的欺詐行為記述出來，那是不可能的，木蘭花知道，他最近的一次「魔術」傑作，是他買下了澳洲中央沙漠附近的一塊荒地，組織了一家「史密斯採油公司」，廣發股票，然後播放謠言，說這間公司已經發現了石油，而使得股票大漲。

就在股票瘋狂上漲之中，他又增發更多的股票，投入股票市場——這一切，全是通過完全合法的手段進行的，等到他足足賺到了上千萬美金，他就宣布公司的勘察失敗，價值十元美金的股票，在三天之內跌到一角，損失的是股票的持有人。

而股票持有人似乎也不能埋怨什麼人，只能埋怨自己的眼光不夠，因為從頭至尾，完全沒有人強迫他們去買這個公司的股票，全是他們自己願意的。

而史密斯先生就這樣又發了一次大財——完全合法，他的手段是如此高妙，以致吃了虧的人，完全沒有辦法，警方也沒有辦法，因為在股票市場上，一支股票的瘋狂上漲，警方是無權干涉的。

這種情形，在許多經濟發達的城市中，都可以見得到，或許也有人在玩弄同樣的魔術，但是和史密斯先生的玩弄比較起來，卻真是小巫之見大巫了！

木蘭花深深地吸著氣，史密斯先生在許業康的家中出現，原因很容易明白，毫無疑問，是許業康和史密斯一定在商場上有所合作。

而更不用懷疑的是，他們兩人合作的生意，一定又是一次震驚全市的「魔術」，那將會令本市的經濟蒙受巨大的損失！

木蘭花甚至立時可以想得到，許業康要是和史密斯合作，最大的阻力，應該是實力雄厚，發展迅速的雲氏集團。

木蘭花已可以肯定，那就是許業康對付雲家兄弟的主要原因。

木蘭花看到許業康和史密斯兩人，在光線黯淡的大廳中，並肩踱來踱去，在低聲交談著，可是木蘭花完全無法聽得清他們在講些什麼。

看到了史密斯之後，木蘭花認為此行的收穫已經夠多了。

她悄悄後退，退到了走廊一端的窗口，爬了出去，和安妮會合，又循原路攀下了懸崖，駕車直往家中駛去。

一路上，她對安妮約略講了一下在許業康住宅中所見到的情形。

安妮道：「蘭花姐，我不明白。」

木蘭花雙眉緊蹙，道：「自然你不明白，商場上的詭詐奸險，別說你不明白，連我也不一定明白，可是，我至少已找出了許業康要對付雲氏兄弟的原因，他要剷除雲氏集團，才能由得他來翻雲覆雨！」

安妮仍然搖著頭，道：「他先是誣陷雲氏兄弟害死他的兒子，誣陷不成，才又開始殺人？」

木蘭花卻並沒有回答這個問題，只是皺著眉，將車子駛得飛快。

安妮又苦笑著，說道：「無論如何，世界上不會有這樣的蠢人，犧牲自己三個兒子的性命，對別人去作毫無把握的誣陷！」

木蘭花微笑了一下，道：「如果真有這樣的人，那麼，他所犧牲的，也只不過是兩個兒子的性命！」

安妮驚訝地睜大了眼睛，道：「許家的三兄弟不是全死了麼？」

木蘭花點頭道：「是，他們全死了，但是許老三患了絕症，就算那次不死，也沒有幾天命了，他是不能算在內的！」

安妮笑了起來，說道：「蘭花姐，就算只是兩個兒子，世上也不會有那樣的蠢人！」

木蘭花嘆了一口氣，說道：「你說得對，這其中，還有一些事，是我想不明白的——」

安妮打斷了木蘭花的話頭，道：「我們曾詳細研究過許家三兄弟的資料，除了老三患有絕症之外，老大和老二的身體都十分好，而且他們酷好運動，不但是飛行家，還是其他許多項運動的紀錄保持者，他們甚至曾經得過印度瑜伽術的最高榮譽——」

安妮才講到這裡，木蘭花的身子忽然震動了一下，由於她本來是在高速駕著車的，這突如其來的震動，使得車子幾乎撞向路邊！

安妮驚叫了起來，木蘭花立時恢復了常態，車子也正常地行駛著。

她對安妮那驚惶的一問，並沒有立時回答，在過了幾秒鐘之後，她才道：「沒什麼。」

木蘭花的回答雖然是「沒什麼」，但是安妮卻知道，木蘭花一定是在剛才那一剎間，想到了極其重要的事。安妮也知道，木蘭花既然這樣回答了自己，那麼，自己再問也是沒有用的了。

木蘭花沒有再說什麼，安妮也在思索著，她在想：木蘭花想到了什麼，才大為震動的？可是世界上還有比猜別人的心意更難的事麼？安妮當然無法猜得出來。

她們回到了家，高翔開門迎了出來，充滿了埋怨的神色，道：「你們到哪裡去了？」

木蘭花微微一笑，道：「到許業康家裡去了！」

高翔一呆，道：「這老狐狸，他怎麼肯見你？」

木蘭花微笑說道：「我們是偷進去的！」

高翔指著木蘭花，無可奈何地搖著頭。

木蘭花道：「安妮，打電話給四風！」

安妮還沒有走向電話，高翔已然道：「不必了，我才和他聯絡過，他正在主持一個重要的會議！」

木蘭花揚眉說道：「現在這個時候開會？」

高翔點頭道：「是的，據他說這個會議很重要，參加的還有不少本市工商界的鉅子——」

高翔說到這裏，木蘭花聳了聳肩，一字一頓說道：「高翔，我要去參加他們的這個會議，因為，我明白他們為什麼要召開這個緊急會議。」

高翔用疑惑的眼光望著木蘭花，木蘭花道：「詳細情形，我回來告訴你，你也有事情要做，有一位外科醫生，叫柯支・密勒，是從德國來的，你去查一查這個外科醫生的底細！」

高翔的雙眉皺得更甚，可是木蘭花已經向樓上走去，安妮向高翔轉述了木蘭花在許業康家中見到的事，安妮還沒有講完，木蘭花已換好衣服下樓來了。

女黑俠木蘭花突然在雲氏大廈廣闊豪華的會議廳中出現，引起了近三十個參加會議的工商業鉅子的一陣竊竊私語。

然而，當木蘭花在穆秀珍和雲四風之間坐了下來之後，會議室中的氣氛又恢復了木蘭花未到之前一樣地凝重。

木蘭花一坐下，就對雲四風低聲道：「史密斯來了，他和許業康在一起，這是我親眼見到的！」

雲四風陡地一震，立時站了起來。

雲四風站了起來之後，會議廳中的氣氛好像更嚴重了，所有的人都靜了下來。

雲四風略停了一停，聲音沉著地道：「各位，近幾年來，雲氏集團和各位所主持下的企業，或多或少有點合作關係，我認為，我們的合作關係，是在互利的基礎上進行的。」

雲四風講到這裡，又停了一下。

只見一個衣著十分華麗的中年人大聲道：「不錯，雲先生，但是當我們有更大的利益可圖時，我們自然要追求更高的利益！」

雲四風微笑道：「不錯，這是每一個生意人的目標，但是，閣下可曾想到，所謂『更大的利益』，實際上是怎麼一回事？」

那中年人像是又想發言，但是雲四風立時做了一個手勢，請他暫時不要講話，雲四風也立時接著道：「許氏集團答應各位的好處，我知道，是以許氏集團的股票來交換各位企業的股票，這樣，事實上，就等於讓許氏集團來併吞各位的事業！」

一個年紀較大的企業家笑了起來，道：「雲先生，你這樣說法，未免太不公平了，在交換股票之後，別忘記，我們同時也成了許氏集團的股東！」

雲四風道：「自然，各位成了許氏集團的股東，然而，據我們獲得的資料來看，許氏集團的經營方法落後，業務萎縮，各位自己的事業卻很有前途，現在，許氏集團利用種種虛張聲勢的消息，使他們的股票在市場上達到了不合理的高位，他們就用這種高位為基礎，來交換各位的股票，各位可曾想到，你們所謂有利可圖，事實上只不過是數字遊戲？當你們想將許氏集團的股票脫手之際，它就會暴跌，變得一錢不值！」

雲四風的話，講得十分鎮定，而且，他用最淺的語句，講出了詭詐的商場之中大魚吃小魚的道理，可是會議廳中的那些企業家，卻顯然迷惑於眼前的利益，並不想聽雲四風的勸告。

雲四風的話才一住口，就有人說道：「我們不是小孩子了，由我們自己決定好了！」

這個人一面叫著，一面站了起來，走向門口，立時有七八個人也一起站了起來，向門口走去。

雲四風等他們走出門口了，才道：「各位，請等一等，我有一個消息告訴各位！」

這時，已有更多的人準備站起來離去，一聽得雲四風那樣說，才又停了下來，一起望著雲四風，聽他有什麼消息要宣布。

雲四風緩緩地望了眾人一眼，才道：「我知道，許氏集團的首腦，許業康家中，有一位客人，這位客人的大名，相信各位都聽說過——」

雲四風講到這裡，又停了幾秒鐘，然後才說道：「這位客人，就是大名鼎鼎的史密斯先生，魔術師！」

雲四風這一句話一出口，會議廳中的所有人，幾乎都不約而同地響起了「啊」地一聲。

這時在會議廳中的，全是本市著名的工商企業家，他們對世界商場的動態有相當的研究，自然沒有不知道魔術師史密斯的名字和手法之理。

在「啊」地一聲之後，會議廳中又靜了下來，在這時候，有幾個人甚至立時掏出手帕來，抹著大顆大顆自額上滲出來的汗！

這些企業家在未曾知道許氏集團對他們的收購和交換股票，有史密斯參與在內之前，他們只當是有利可圖，但現在一經雲四風點破，他們也立時想到，那正是史密斯慣玩的魔術之一。

史密斯的這種「魔術」，在法律上來說，又是完全合法的，因為股票的交換，是雙方同意的，許氏集團的股票如果暴跌，許氏集團也不必負什麼責任，但被交換的企業，控制權卻已落在許氏集團之手了！

雲四風坐了下來，在坐下來之後，他又說了一句，道：「好了，各位自己去考慮吧。」

會議廳中仍然很靜，雲四風咳嗽了一聲，道：「現在，已經和許業康簽了合同的，我看已無可挽回了，唯一的辦法，便是快將到手的股票拋售，固然不免損失，總還好一點；還未曾簽合同的，自己可以考慮。老實說，我們雲氏集團能和各位合作，業務進行自然可順利一些，但完全沒有各位的合作，我們一樣可以獨自生存，相信各位也知道的！」

會議廳中各人交頭接耳，一時之間，充滿了嗡嗡的人聲。

8 重要發現

雲四風向木蘭花笑了一笑，道：「蘭花姐，你的消息挽救了不少企業家！」

穆秀珍「哼」地一聲，道：「其實，我們也不必做什麼好人，這些人自己願意，就讓他們去上當好了！」

雲四風笑道：「秀珍，這可不是負氣的事，這些企業家吃了虧，對本市的經濟會造成巨大的損害，經濟上的連鎖反應，是十分可怕的！」

穆秀珍嘴唇一翹，道：「看你，好像快成了經濟學專家了！」

雲四風挺了挺胸，道：「老實說，我這個經濟學專家的身分，是得到世界性公認的！」

會議廳中很多人湧向前來，向雲四風打聽進一步的消息，雲四風道：「我無可奉告，但如果許業康再找各位談判，各位不妨向他提及史密斯的名字，看看他有什麼特殊的反應。」

有很多人匆匆離去，分明是趕著去作布置了，另有幾個，面色灰敗地坐在原位上，一動也不動，一望便知，這些人是已和許業康簽了合同的。

雲四風也沒有辦法去安慰他們，因為他們自己貪圖眼前的利益，甘願將自己企業的控制股權去交換許氏集團的股票，那有什麼話可說？

在紛擾了約莫二十分鐘之後，會議廳中所有的人全離去了，只剩下了雲二風、四風、五風三兄弟、木蘭花和穆秀珍，以及雲氏集團中的幾個高級職員。

雲四風向那幾個高級職員道：「好了，事情已告一段落，你們可以休息了！」

那幾個高級職員在雲四風的吩咐下，也相繼整理文件，離開了會議廳。

木蘭花直到此際才嘆了一聲，道：「許業康的目光也算是銳利的，他知道要玩弄這樣的把戲，最大的阻力，就是你們這幾兄弟！」

雲五風忙道：「蘭花姐，你已經證明，一風大哥是他派人殺害的？」

木蘭花搖了搖頭，道：「沒有證據，高翔作了廣泛的調查，調查的觸角遍及全世界，調查的對象是各地的暗殺手，根據調查所得，許業康並沒有收買任何殺手來進行謀殺。」

穆秀珍插口道：「他總不致於親自下手！」

木蘭花道：「當然不會親自下手，十個許業康也殺不了一風大哥，可是許業康這老狐狸，他要是想殺什麼人，照說，也不會僱用殺手，因為這個把柄落在他人的手中，他一輩子就得接受敲詐！」

穆秀珍道：「或者，他用他十分親信的人？」

雲四風「哼」地一聲，道：「這老狐狸，根本沒有他所相信的人，除非是他的三個兒子，但，他的三個兒子也早就死了！」

木蘭花抬頭，望著會議廳的天花板頂上的裝飾圖案，一言不發。

穆秀珍道：「蘭花姐，我們破壞了他的計劃，他一定會將我們恨之入骨！」

木蘭花點了點頭，道：「是，所以，你們要加倍小心，我想，凶手可能隨時出現！」

雲氏三兄弟互望了一眼，木蘭花伸了一個懶腰，道：「時候不早了，你們放心，我已經有了一個概念，我想，我是可以將凶手找出來的！」

穆秀珍連忙說道：「蘭花姐，說來聽聽！」

木蘭花微笑著，搖了搖頭，道：「這時候，如果我說出來，沒有任何的證據可以支持我的說法，那只是很荒誕的一種想法而已！」

穆秀珍還想問，木蘭花已站了起來，各人跟著一起站起，向外走去。

木蘭花回到了家中，安妮還沒睡，高翔到警局去了，沒有回來。

木蘭花經過安妮睡房的門口，安妮打開門，探出頭來，叫道：「蘭花姐！」

木蘭花道：「天快亮了，有什麼事，睡了再說！」

安妮忙道：「不，蘭花姐，我有一個很重要的發現，要對你說！」

木蘭花停了下來，望著安妮，安妮向木蘭花笑了笑，道：「蘭花姐，我知道你一定也想到了這一點，不過你還未曾去證實，我比你領先了一步！」

木蘭花微微一笑，道：「你想到是的什麼？」

安妮道：「我們從許業康家中回來的時候，我提到許氏三兄弟中的老大和老二曾得過印度瑜伽學會的最高榮譽，當時，你大為震動，車子幾乎撞向路邊，你記不記得？」

木蘭花望定了安妮，一言不出。

安妮的手一直放在背後，直到這時，她才伸出手來，在她的手中，握著一本「高級瑜伽術」。

木蘭花點了點頭，安妮道：「這本書中說，瑜伽術練到境界高的人，可以控制自己的呼吸、體溫，甚至心臟跳動，可以使心臟跳動處於幾乎靜止的狀態，要極其精密的電子儀器才能測得出來。」

木蘭花又深深地吸了一口氣，伸手按在安妮的肩頭之上。

木蘭花緩緩地道：「安妮，你真了不起，我想到的事，你也想到了，你再說下去！」

安妮得到了木蘭花的稱讚，興奮得漲紅了臉，道：「蘭花姐，這就是說，許老大和許老二可以成功地裝死，瞞過所有人的耳目！」

木蘭花的眼中閃耀著光芒，那是讚許的光芒。

安妮又道：「許業康要對付一風大哥他們，自己又不能出手，他又不肯去買通職業凶手，唯一的辦法，就是利用他兒子來下手，蘭花姐，你走了之後，我一直在思索，這是唯一的可能，從飛機中發現三具屍體，根本叫人無法明白凶手是如何下手的，這一切全是許業康的計劃！」

木蘭花仍然不出聲。

安妮越說越興奮，道：「而事實上，許氏三兄弟，只有老三是真的死在刀下，許老大和許老二背上的刀是假的，血也是許老三身上的，他們在背上插上了假刀之後，就開始控制心臟跳動，使體溫降低，呼吸幾乎停止——」

木蘭花道：「關於這一點，我有一點修正，我認為，真是有刀刺進了他們的背部，不過刺得不很深，他們的瑜伽造詣既然如此之高，自然也可以控制肌肉，不覺得有什麼痛苦！」

安妮忙道：「對，他們所冒的險，就是一到醫院就進行解剖，但事實上，是不會有這種情形出現的，他們滿身鮮血的樣子，任何人，即使是醫生，一看之下，就會直覺他們已然死去，他們不是成功地瞞過所有的人麼？」

木蘭花點頭道：「是的，他們瞞過了所有人，而當他們被送進殮房之後，他們就有機會逃走了。安妮，還記得那管理員的話麼？他說，在幻覺中，他看到三個白影飄浮起來，那是許老大和許老二扶著許老三，自屍箱中站了起來！許老大可能先出來，替管理員注射了一針，然後再行動的，這也就是為什麼三具屍體失蹤，結果卻是只有許老三的屍體出現在沙灘上的原因！」

安妮點頭道：「是的，他們必須有一個真正的死者，當人們看到許老三的屍體之際，就不會再懷疑其他兩個人是不是真死的了！」

木蘭花道：「那麼，又是什麼使你開始懷疑的呢？」

安妮道：「許多因素，第一，三個人死了，我們竟找不到謀殺的方法；第二，許業康並不悲傷，反而立即指證雲四風他們是凶手；第三，那架飛機的爆炸，要人在幕後操作主持；第四，一風大哥的死，一定有凶手，一切都說明，有人在暗中活動，而這活動的神秘人物，又一定和許業康有密切的關係，所以我開始懷疑。」

木蘭花嘉許地道：「安妮，你真的長大了，已經有了縝密的思考能力了！」安妮高興地跳著，木蘭花又道：「我再考你一個問題，你認為那外科醫生是什麼性質的外科醫生？」

安妮略想了一想，就道：「我想，是外科整形醫生。」

安妮的話一出口，高翔便已出現在樓梯口，高翔是聽到了安妮的這句話的，他略怔了一怔，道：「咦，你們已經知道了？我才得到資料，柯支・密勒醫生，是德國著名的外科整形醫生！」

安妮發出了一聲歡呼，道：「我猜中了！」

高翔卻仍然莫名其妙，道：「什麼事令你們這樣高興？」

木蘭花的回答卻十分簡單，說道：「自然值得高興，因為一切問題，全解決了！」

高翔陡地一呆，從他的神情看來，分明是以為木蘭花在開玩笑。他揮著手，想說什麼，可是他還未曾開口，安妮已叫道：「高翔哥，是真的，什麼都解決了！」

高翔又呆了一呆，勉強笑道：「你怎麼知道我不相信？」

安妮道：「這是很容易看出來的，高翔哥，整個事情的發展，全是許業康這個老狐狸的一手安排！」

高翔有點無可奈何地道：「這一點，我願意相信，可是有什麼證據？」

安妮在不自覺間，她講話的神態、語氣，看來和聽來，簡直和木蘭花是一樣的，她道：「我們一開始就鑽了牛角尖，高翔哥，我們花了很多精力在研究許氏三兄弟是如何死的，是不是？」

高翔道：「當然要研究，因為這件事實在太離奇了，而且到今天為止，我們還沒有結果！」

安妮向木蘭花望了一眼，木蘭花微笑著，微微點著頭，鼓勵安妮繼續說下去。

安妮揚著眉道：「當然不會有結果的，因為許氏三兄弟中，只死了一個老三，老大和老二沒有死！」

高翔陡地一呆，隨即大搖其頭，道：「安妮，你在胡說些什麼？」

木蘭花直到這時才開口，道：「不是胡說，而是唯一的可能。」

高翔大聲叫道：「這是不可能的！人人都知道他們死了，你們也知道！」

木蘭花的聲音仍然很沉著，道：「高翔，你好好想想，難道沒有任何疑點？」

高翔根本沒有想，幾乎立時便回答道：「沒有任何值得懷疑的地方，他們死了！」

木蘭花深深地吸了一口氣，道：「你應該說，他們看來，像是全死了！」

高翔眨著眼睛，看來他還不明白木蘭花這樣說，是什麼意思。

木蘭花繼續道：「從你打開機艙開始，一直到他們被抬到醫院——我是當他們被抬到醫院之後，在擔架上看到他們三個人的，我也以為他們死了，我判斷他們死了，是因為他們的背上插著刀，有血，他們不動，不呼吸，體溫發冷，心臟不跳動——我甚至沒有按壓他們的心臟，你有麼？」

高翔呆了半晌，道：「那是不必要的，他們一看就知道已經死了！」

木蘭花嘆了一聲，道：「問題就出在『一看就知道已經死了』這一點上，人人心中先有了主見，以為他們已經死了。沒有人懷疑這一點，你不懷疑，我不懷疑，醫院中的人，明知警方會進一步處理屍體，當然也未曾對屍體作進一步的檢驗，任由他們停在太平間中，而運送屍體的人，更不致懷疑他們的死亡，一直當他們被送到了殮房，從殮房逃了出來！」

高翔搖著頭，道：「聽來好像有這個可能，但如果沒有事實支持，我依然不會接受這種看法！」

木蘭花微笑道：「現在，我相信要找尋事實的支持，並不是太困難的事，但是，我願意先從推理上使你接受這個推斷。」

高翔微笑著道：「好！」

高翔後退了一步，背靠著牆站著，望定了木蘭花。

「第一，我們不但無法找出，甚至無法設想許氏三兄弟是怎麼死的，是不是？」木蘭花說道。

高翔點著頭。

木蘭花又道：「而他們又故意在事後炸毀了那架飛機，炸毀那架飛機的目的，並不是想要毀滅什麼證據，而是要引導我們作出錯誤的判斷，認為飛機上有著什麼機械裝置，使他們三人致死！」

高翔略微猶豫了一下，又點了點頭。

木蘭花又道：「我詳細研究了他們三個人的資料，發現許老三的壽命離出事的日子只有幾天了，許老三早幾天死，遲幾天死，對許業康來說，絕不是損失，雖然對一般父母而言，這樣做也是不忍心的，然而，許業康卻是一個利之所在，不擇手段，鐵石心腸的人！」

高翔深深地吸了一口氣，微笑著。

木蘭花略停了片刻，又道：「許老大和許老二精於瑜伽術，可以控制自己的體溫、心臟的跳動，和控制呼吸，使他們進入冬眠狀態，看來和死亡簡直一樣。我相信，當他們用這個方法詐死之際，他們的思想、聽覺等等，還是存在著的！」

高翔攤了攤手，道：「這一點，我絕對同意，我看到過這樣的表演，如果不是用儀器的幫助，簡直無法判斷表演者的死是假的。」

木蘭花道：「那就是了，你可還記得那個殮房管理員的話？你以為他在做夢，但是，他事實上是受了麻醉之後看到的幻覺。你再仔細想一想他的話，他在幻覺中所看到的情形，是許老大和許老二的屍體走出殮房去！」

高翔揚起了眉，神情很疑惑。

木蘭花繼續道：「在三具屍體失蹤之後，只有許老三的屍體在沙灘上被發現，這又是另一個布置，使人以為老二和老大的屍體，已經被海水沖到大海之中，再也找不到了！」

高翔想要說話，但是木蘭花立時作了一個手勢，阻止他再說下去，道：「而最後，一個著名的整形外科醫生出現在許業康的家中，我敢斷定，在不久之前，這位醫生就在許業康家中，進行過整容手術，你知道，一個手術高明的整形外科醫生，有本領將一個人的外貌完全改變的！」

高翔道：「你認為許老大和許老二兩人，在經過外科手術改變了容貌之後，再完全以另一個人的姿態出現？」

木蘭花道：「是！」

高翔攤了攤手道：「蘭花，直到現在為止，我無法在你的話中找到任何破綻，但是任何事情總要有動機的，是不是？」

木蘭花揚眉道：「當然是！」

高翔道：「那麼，好，許業康這樣做，他的目的是什麼？」

木蘭花一字一頓，道：「很簡單，他要進行一連串的謀殺，來剷除他商場上的勁敵。他要殺雲氏兄弟，他自己不能動手，他又不能去收買職業凶手，他需要最親信可靠的人替他下手，除了他的兒子之外，他找不到別的人可以做這件事。」

木蘭花講到這裡，略頓了一頓，才又道：「可是，他也知道，如果雲氏兄弟有了意外，警方就算不立時懷疑他，事後根據種種資料，也會知道是他主謀的，所以他做出了如此周密的安排，先讓他的兒子死去，然後，用『死人』來行凶！」

高翔神情駭然，道：「蘭花，殺死一風大哥的凶手，是許老大和許老二？」

木蘭花點頭道：「你明白了？安妮當晚在一風大哥的住所，她雖然沒有看到凶手，但是卻可以肯定一點，就是一風大哥和凶手是認識的，而且一風大哥一見凶手，就罵許業康該死，由此可知，凶手和許業康一定有著極其密切的關係。」

安妮插口道：「當時，我還聽出，一風大哥的語氣中充滿了驚訝！」

木蘭花道：「當然，看到一個死了的人，突然出現在自己面前，自然要驚訝的，但是在當時，一風大哥一定還只想到，許業康這樣做的目的，只不過是誣陷他們害人，未曾料到對方還有更進一步的陰謀，不然，他也不會遇害了！」

高翔呆了半晌，突然之際，他叫了起來，道：「蘭花，那我們還等什麼？」

木蘭花徐徐地道：「別心急，現在，我們處在極有利的地位，因為許業康絕想不到我們已經知道了他的秘密，我們也不必打草驚蛇，因為一驚動他，他將許老大、許老二藏了起來，我們就什麼證據也沒有了。高翔，我想柯支・密勒醫生來到本市，一定是極度的秘密，對不對？」

高翔點了點頭，道：「是的，他完全以普通遊客的身分來本市，沒有驚動任何人，可是，他和本市一位著名的外科醫生通過一次電話，他們是大學時期的同學，幾十年的老朋友了。」

木蘭花立時道：「那太好了，你先和那位醫生聯絡，要他請柯支醫生出來，由我們和他談話，只要他肯承認，許業康再狡猾，這一次，也一定難逃法網的了！」

高翔點了點頭。

安妮長呼了一口氣，道：「這件案子，我看是最複雜的一件了，難怪許業康在商場上這樣成功，他真想得出！」

木蘭花笑道：「你錯了，許業康正因為太聰明了，所以在商場上逐步遭到了失敗，現代社會已不是投機家的樂園，必須正常經營，才能站得住腳。」

高翔和安妮互望了一眼，高翔笑道：「蘭花，你似乎什麼都行！」

木蘭花微笑道：「高翔，我第一次聽到一個人這樣稱讚自己的妻子！」

高翔笑了起來。

安妮趁機縮進自己的臥室，用力關上了門。

張醫生皺著眉，高翔、木蘭花坐在他的對面。

張醫生的住宅，有一個很大的陽臺，他們就坐在陽臺的玻璃桌旁。

高翔已經將一切的經過，和這位出色的外科醫生作了簡略的敘述，張醫生也已接受了高翔的意見，和柯支醫生通了一個電話。

在電話中，張醫生只是說他今天有空，請柯支醫生來敘敘舊，柯支醫生也答應立即就來，可是這時，張醫生的情緒，像是很不安。

木蘭花看出這一點，道：「張醫生，你放心，柯支醫生是不會有罪的。」

張醫生苦笑著，道：「可是，我總覺得我這樣做，是欺騙了朋友！」

木蘭花正色道：「張醫生，如果你這樣想，那就錯了，這是一件極大的陰謀，你為了盡公民的責任，一定要這樣做！」

張醫生嘆了一聲，沒有再說什麼。

這時，花園的鐵門外，響起了汽車喇叭聲，鐵門打開，一輛車子駛進來，不一會，僕人已帶著柯支醫生走上了陽臺來。

張醫生、高翔和木蘭花一起站了起來。

柯支醫生看到高翔和木蘭花，略感到驚訝，張醫生忙道：「這位，是本市警方的高級負責人高翔，這位高夫人，就是大名鼎鼎的女黑俠木蘭花！」

柯支醫生立時道：「啊，木蘭花，很高興見到你，我知道你，聽過很多有關於你的事跡。」

木蘭花微笑著，道：「謝謝你！」

他們一起坐了下來，木蘭花立時取出了許老大和許老二兩人的照片來，放在桌上，推到柯支醫生的面前。

柯支醫生一看到照片，就震了一震，立時抬起頭來，以十分疑惑的眼光，望著高翔和木蘭花。

他望了片刻，道：「怎麼，這兩個人，可是牽涉到犯罪事件了？」

木蘭花點頭道：「是的，柯支醫生，你昨晚為他們改變了容貌，是不是？」

柯支醫生站了起來，神情極其嚴肅，道：「是，但是我絕不知道其中牽涉到犯罪事件。」

高翔忙道：「別緊張，柯支醫生，我們完全相信你的人格，但是，你必須留在本市一段時間，因為我們需要你在法庭上作證！」

柯支醫生吸了一口氣，道：「可以的，這——」

木蘭花道：「謀殺！一樁可能是謀殺史上從未曾有過的周密設計的謀殺！」

柯支醫生望著桌上的兩張照片，喃喃地道：「真想不到，許先生是一個舉世知名的企業家！」

張醫生輕拍柯支醫生的肩，道：「來，我們來喝一點酒，怎麼樣？」

柯支醫生點著頭，誰都看得出，他這時候，真是需要一杯酒了！

一小時之後，柯支醫生的車子，又駛進了許家花園巨宅的鐵門，柯支醫生自車廂中出來，木蘭花和高翔跟在他的身後。

當他們三個人走進大客廳的時候，許業康正好送幾個客人走了出來。

許業康看到了高翔和木蘭花，就陡地一呆，但是他立即道：「好，高主任，我希望你這次來，是告訴我已經抓到了殺害我兒子的凶手！」

高翔冷冷地道：「不錯，我是找到了凶手！」

許業康又是一呆間，閃亮的手銬已經自高翔的手上揚起，「啪」地一聲，銬上了許業康的手腕，許業康驚叫了起來。

高翔冷冷地道：「許先生，真不好意思，令郎只怕要紮著繃帶上法庭了！」

許業康的尖叫聲突然停止，剎那之間，他的臉色變得如此之慘白，高翔和木蘭花在這以前，從來也未曾看到，一個人的臉色竟會在剎那間變得如此之可怕的！

而等到大隊警員衝了進來，將臉上紮滿了繃帶的許老大和許老二帶下客廳來時，許業康除了一對眼珠尚在轉動之外，簡直已和一個死人差不多了。

他只是不斷地在重複著一句話，道：「不可能的，你們不可能查到我的秘密的！」

木蘭花冷冷地道：「許先生，你應該說，幾乎不可能，但不是絕對不可能！」

法庭開審這件謀殺案的時候，全市轟動，比許氏三兄弟在航空表演中「意外喪生」尤甚。

由於證據確鑿，許業康、許老大和許老二全被裁定，謀殺雲一風和許老三的罪名成立。

在接連七天的審訊中，高翔是主控，許業康請了好幾個有名的律師，但是在確鑿的證據下，這些律師也全然沒有用處。

案子審結完畢，高翔、木蘭花、安妮、穆秀珍、雲四風、雲五風幾個人，又聚在一起。

雲五風的神情很憂鬱，道：「可惜大哥遇害了，真是不值！」

各人的心頭，也都很沉重。

穆秀珍嘆了一聲道：「這世界上，各種各樣的罪案，似乎永遠也沒有終結的時候，真可恨！」

安妮也嘆了一聲，道：「你們看，陽光那麼燦爛，世界如此美好，我真不明白，為什麼總有人要犯罪，那究竟是為了什麼？」

木蘭花伸了伸雙臂，道：「安妮，只怕永遠沒有人能回答你這個問題的了！」

的確，誰能回答這個問題？

為什麼不斷有人要犯罪，替美好的世界添上污點？

為什麼？

正如木蘭花所說，永遠沒有人能回答這個問題！

請續看《木蘭花傳奇》30 殺神

倪匡奇情作品集

木蘭花傳奇 29 秘約（含：生命合同、詭計）

作　者：倪匡
發行人：陳曉林
出版所：風雲時代出版股份有限公司
地址：10576台北市民生東路五段178號7樓之3
電話：(02) 2756-0949
傳真：(02) 2765-3799
執行主編：朱墨菲
美術設計：許惠芳
業務總監：張瑋鳳
出版日期：2024年8月
版權授權：倪匡
ISBN ：978-626-7464-15-1
風雲書網：http://www.eastbooks.com.tw
官方部落格：http://eastbooks.pixnet.net/blog
Facebook：http://www.facebook.com/h7560949
E-mail：h7560949@ms15.hinet.net
劃撥帳號：12043291
戶名：風雲時代出版股份有限公司

風雲發行所：33373桃園市龜山區公西村2鄰復興街304巷96號
電話：(03) 318-1378　　傳真：(03) 318-1378
法律顧問：永然法律事務所 李永然律師
北辰著作權事務所 蕭雄淋律師

行政院新聞局局版台業字第3595號 營利事業統一編號22759935

定價：299元

國家圖書館出版品預行編目資料

秘約／倪匡 著. -- 臺北市：風雲時代出版股份有限公司, 2024.06 面； 公分.（木蘭花傳奇；29）

ISBN : 978-626-7464-15-1（平裝）

857.7　　113005409